FOLIO POLICIER

Thierry Bourcy

La cote 512

Une enquête
de Célestin Louise,
flic et soldat dans la guerre de 14-18

Gallimard

Thierry Bourcy est scénariste pour la télévision et le cinéma. Il est également le créateur du flic et soldat Célestin Louise, qu'il lance, lors de la guerre de 14-18, dans des aventures et des enquêtes permettant de faire revivre avec force et émotion cette période incroyable et tragique de l'histoire du XXe siècle. *La cote 512* est le premier volet de ces romans, tous publiés par Nouveau Monde éditions.

À mon oncle Joachim,
mort à Verdun en 1915,
un mois après son arrivée au front.

CHAPITRE 1

LA GUERRE

Célestin Louise serra le manche de la matraque courte qu'il emportait toujours avec lui et qu'il préférait au revolver réglementaire. Il aimait mieux, au pire, prendre un mauvais coup plutôt que de tirer sur un malfaiteur, au risque de tuer un pauvre type aux abois, ce que certains de ses collègues n'hésitaient pas à faire. Célestin était grand, mince, il avait les cheveux châtains coupés court, un visage glabre aux pommettes saillantes et aux yeux d'un bleu pâle que la colère, parfois, venait encore éclaircir. Depuis six heures du matin, le jeune homme était en planque dans cette impasse du septième arrondissement où deux façades haussmanniennes conduisaient à une grille ouvragée donnant sur un petit jardin. Une allée toute droite, entre deux carrés de pelouse verte impeccablement taillée, menait à un large perron en bas duquel deux lions endormis dans leur pierre trônaient, indifférents, sur leurs socles en demi-cercles. D'où il était, Célestin ne distinguait, à travers les barreaux de la grille, que le gris des marches et, plus haut, les reflets des vitres de la porte d'entrée.

Il avait soudoyé la concierge d'un des immeubles de l'impasse pour pouvoir s'installer dès l'aube à l'affût derrière une vitre. Il faisait confiance à son indicateur, Amélie Gaigneux, une pauvre femme qui survivait entre la prostitution et des petits travaux mal payés, et qui redoutait par-dessus tout d'aller en prison, où elle serait définitivement séparée de sa petite fille. D'après elle, Octave Chapoutel, dit La Guimauve, un cambrioleur astucieux qui avait déjà filé plusieurs fois entre les doigts de la police, avait décidé de visiter l'hôtel particulier de la Melba, la fameuse cantatrice à laquelle le grand chef Escoffier avait dédié son dernier dessert. Le malfaiteur était bien renseigné ; l'artiste était en tournée en Amérique du Sud pour trois semaines, après quoi elle irait prendre ses quartiers d'été à Venise. L'hôtel était gardé par un vieux couple dont le mari avait été hospitalisé la semaine précédente.

Célestin vit la gardienne quitter le jardin et sortir de l'impasse, son panier à provisions sous le bras. Il n'était pas le seul à guetter sa sortie : la silhouette longiligne de La Guimauve vint en rasant les murs se coller à la grille. Quelques gestes précis, l'éclat métallique d'un passe-partout et déjà le cambrioleur grimpait les marches du perron. Célestin fit un geste rassurant à la concierge qui l'abritait et sortit sans faire de bruit. À son tour, après s'être assuré que le cambrioleur avait disparu à l'intérieur de l'imposant bâtiment, il pénétra dans le petit jardin et se posta à l'ombre des marches, flattant de la main le flanc de pierre d'un des lions. Il avait vérifié, l'immeuble ne possédait que cette issue : erreur fatale à La Guimauve. Celui-ci devait savoir également qu'il disposait de très peu de temps, car à peine une dizaine de minutes plus tard, il reparut sur le perron, le visage barbouillé de noir et portant sur l'épaule un grand sac qu'on pouvait croire rempli de charbon. La rampe de pierre était trop haute pour permettre à Célestin d'intervenir en sautant par-dessus, et il dut attendre que le malfaiteur parvînt en bas des marches. Il lui prit fermement le bras.

— Tu es fait, Chapoutel, inutile de résister.

La Guimauve, qui ne partageait pas cette opinion, envoya d'un coup d'épaule son sac au visage du jeune policier qui, pendant une demi-seconde, relâcha sa prise. Le cambrioleur, escaladant à toute vitesse les marches, disparut à l'intérieur de l'hôtel particulier. Sans hésiter, Célestin se lança à sa poursuite. Le perron donnait dans un grand hall, duquel partait vers les étages un large escalier de marbre. De chaque côté, deux portes. L'une d'elle, à droite, ornée de petits carreaux, était encore entrouverte et menait à un salon. Le jeune homme, tenté de s'y engouffrer, s'immobilisa pourtant au milieu du hall. Le temps de voir une autre porte, en face, s'entrebâiller. Oubliant le salon, il se précipita sur sa gauche et fit irruption dans une vaste bibliothèque. Un rayon de soleil, passant par-dessus le mur qui fermait, à l'arrière de la maison, un jardinet avec pièce d'eau, soulignait, sur les plus hautes étagères, l'éclat fauve des reliures. Un grand bureau de style occupait le centre de la pièce. Au fond, une porte-fenêtre ouvrait sur le petit jardin. La Guimauve s'acharnait sur la poignée de cette double croisée sans parvenir à l'ouvrir. Découragé, il se retourna vers Célestin.

— Le problème de ces grandes baraques, c'est l'entretien.

Le policier s'avança en souriant vers le cambrioleur. Un instant, Chapoutel donna l'impression qu'il allait se laisser faire. Mais quand Célestin fut arrivé tout près de lui, il se précipita tête baissée et le renversa. Célestin s'agrippa aux épaules de La Guimauve et l'entraîna dans sa chute. Un court instant, les deux hommes se battirent, roulant sur l'épais tapis persan, se heurtant aux pieds du bureau, renversant une très jolie lampe en pâte de verre qui vint se fracasser près de leurs visages, et puis il y eut un bref hurlement et Chapoutel resta par terre, prostré de douleur, recroquevillé autour de son bras inerte. Célestin se releva en soufflant doucement, pour calmer sa respiration. Wang Anqi, le vieux Chinois qui donnait aux volontaires de la police des cours de jiu-jitsu, aurait été content de lui.

Après, il fallut calmer la gardienne affolée qui avait trouvé au bas des marches, en rentrant des courses, le sac rempli des bibelots de sa maîtresse, puis emmener La Guimauve, menotté et résigné, au Dépôt. Dans la circulation encore très calme du boulevard Raspail, Célestin héla un fiacre.

— Vive la France ! lança le cocher en s'arrêtant devant ce drôle de couple que formaient le jeune policier et son prisonnier.

Célestin le regarda en fronçant les sourcils.

— Qu'est-ce qu'elle a de spécial, la France, aujourd'hui ?

— Vous n'avez pas lu les journaux du matin, monsieur ? La mobilisation générale a été décrétée.

Disant cela, le cocher attrapa un journal calé derrière le dossier de son siège et le lança à Célestin. Celui-ci poussa La Guimauve à l'intérieur du fiacre et grimpa près de lui.

— Au Dépôt !

Tout en surveillant du coin de l'œil le cambrioleur qui s'était affalé sur son siège, Célestin parcourut la une du « Petit Parisien » : l'Allemagne a lancé un ultimatum à la France et à la Russie, les sommant de ne pas mobiliser.

— Les cons ! murmura Célestin.

Par la fenêtre, le policier aperçut des colleurs d'affiches apposant sur les murs d'un bâtiment officiel le fameux décret de mobilisation générale qui, parfois, était écrit à la main. Le gouvernement avait choisi la guerre. Avait-il seulement eu le choix ? Célestin ne gardait pas un très bon souvenir de ses deux ans de service militaire à Brive, deux années d'abrutissement sous les ordres de quelques ganaches arrogantes et stupides, d'exercices inutiles, de promiscuité pesante. Il s'était fait peu d'amis et ne se rappelait que de longs mois de grisaille heureusement éclairés, certains jours de permission, par le sourire d'une jeune institutrice et par quelques belles promenades dans la campagne. Cette fois, il ne s'agissait plus d'exercice.

Célestin s'aperçut que son prisonnier lisait lui aussi la une du journal.

— Alors ça y est, c'est la guerre ?

— C'est la guerre, Chapoutel.

Les deux hommes se regardèrent, aussi perplexes l'un que l'autre. Célestin, comme tous les jeunes hommes du pays, allait recevoir dans la journée son ordre d'affectation. Le fiacre stoppa brusquement. Célestin passa la tête par la fenêtre. Devant eux, sans une parole, dans le seul bruit de leurs godillots frappant le sol, une troupe de soldats défilaient. Leurs visages, pour la plupart moustachus, affichaient une résolution, une détermination, un courage qui à la fois rassuraient et effrayaient. Ils semblaient aller tout autant au sacrifice qu'à la victoire. Ils portaient l'uniforme des fantassins, capote bleu marine à boutons de cuivre, pantalon garance, casquette à visière, sac à dos et fusil. Une femme, toute vêtue de noir, allait à leur côté, tête nue ; elle aussi portait un fusil auquel elle avait fixé un drapeau français qui flottait dans son dos. Elle aussi avait cet air farouche et dans le même temps vaguement soulagé de ceux qui doivent faire face à une catastrophe longtemps redoutée. Célestin et son prisonnier furent saisis de la même émotion, de la même tristesse, de la même peur devant l'inconnu : le monde entier chavirait. La Guimauve se pencha vers Célestin.

— Faut me libérer, patron.

— Qu'est-ce que tu racontes ?

— Je vais aller me battre, moi aussi. Je serai plus utile au front qu'en prison.

— Tu seras peut-être moins tranquille.

La Guimauve haussa les épaules. Le jeune policier prit ses clefs et ouvrit les menottes.

— Est-ce qu'il faut que je vous dise merci ?

— Tu fais comme tu veux. Ce n'est pas toi qui vas te faire enguirlander par tes supérieurs.

— Bientôt j'en aurai, moi aussi, des gens qui vont me commander. Je sais pas si je vais m'y faire.

— Alors t'auras juste échangé la Santé pour une forteresse militaire : c'est question de goût. Si tu ne te fais pas fusiller.

La Guimauve se frotta les poignets et, sur un signe de Célestin, descendit du fiacre. Le policier le suivit et régla le cocher.

— On va continuer à pied. J'ai laissé votre journal sur le siège.

— Vive la France ! répéta le trimballeur avant de redémarrer.

La Guimauve passait d'un pied sur l'autre, embarrassé. Il grimaça un sourire.

— Ben... merci.

— À la revoyure, Chapoutel. Fais gaffe à ta couenne, et que je t'y reprenne pas.

En quelques secondes, le malfrat se perdit dans la foule silencieuse qui avait envahi les trottoirs, cherchant dans le contact avec les autres d'impossibles réponses aux questions que tout le monde se posait. Les phrases échangées entre inconnus étaient pourtant brèves, rares, et faisaient comme un immense murmure qui traversait la ville. En marchant vers le quai des Orfèvres, Célestin fut surpris par ce calme lourd fait d'hésitation et de désœuvrement. C'était comme un jour de fête sans joie, comme un jour de deuil sans tristesse. La gravité ne quittait les visages que le temps d'un cri, d'une acclamation, lorsqu'une automobile d'officiers passait dans la rue, lorsqu'un groupe de soldats se pressait vers une gare. Sur l'île de la Cité, quelques badauds appuyés au parapet de pierre acclamaient un étudiant qui, à l'avant d'une petite barque, agitait un grand drapeau français. Célestin salua le planton de garde et grimpa le vieil escalier que personne ne prenait plus la peine de cirer. Il partageait un petit bureau mal éclairé avec un autre inspecteur, Raymond Georges dit Bouboule, un gros type jovial qui mangeait du matin au soir tout ce qui lui tombait sous la main. Quand Célestin entra, Raymond était en train de terminer un croissant qu'il trempait salement dans une tasse de café, tout en lisant un document étalé devant lui.

— On nous laisse le choix, Célestin. On peut partir, mais on peut aussi rester ici, des flics, il y en a toujours besoin.

Célestin jeta un coup d'œil sur le formulaire officiel, accrocha son chapeau au perroquet et s'assit face à son collègue.

— Moi, je pars.

— T'es dingue. Tu veux aller te faire tuer ?

— Je ne me sens pas de rester ici quand les copains seront en première ligne.

Raymond haussa les épaules.

— C'est toi que ça regarde.

— Il n'y a pas que lui que ça regarde.

Les deux inspecteurs se tournèrent vers leur chef, Auxence Minier, un grand gaillard au cou de taureau qui venait d'entrer dans la pièce.

— Si tu pars, Célestin, je perds un de mes meilleurs éléments.

— Merci pour moi ! fit Raymond.

— Toi, Raymond, tu manges trop : tu as du mal à courir.

Il se tourna vers Célestin.

— Alors c'est sûr ? Tu nous laisses tomber ?

— Je ne suis pas indispensable, patron.

— Sans doute que non, mais ça va pas être drôle, ici. S'il y a le moindre problème de ravitaillement, d'épidémie, de panique... Et je te passe les espions en tous genres, les putes et les escrocs !

— Et la solidarité nationale ?

— Qu'est-ce que tu crois, Louise ? C'est comme d'habitude, chacun pour soi et Dieu pour tous ! Tâche de pas t'en prendre une !

Minier esquissa un sourire, envoya une bourrade chaleureuse à son adjoint et quitta le bureau. Célestin s'en tirait bien : personne ne lui avait demandé comment s'était passée l'arrestation de La Guimauve.

Célestin Louise habitait une petite chambre au dernier étage d'un vieil immeuble du Marais, une construction ancienne qui lui épargnait l'humiliation de l'escalier de service. La concierge, une vieille Bretonne bourrue, Anna Le Tallec, l'aimait bien : ça peut toujours être utile d'avoir un policier dans l'immeuble. Et peut-être même qu'elle avait un petit béguin pour lui. Elle était généralement de mauvaise humeur mais là, dans ces circonstances exceptionnelles, elle ne savait pas trop que penser : fallait-il s'indigner, se réjouir, s'attrister, compatir, s'effrayer ? En tout cas, elle n'avait pas le cœur à l'ouvrage et ne faisait même pas semblant de balayer l'entrée quand Célestin arriva. Elle lui remit d'un air entendu son avis de mobilisation.

— Mon petit-neveu Jeanne va bien être obligé de passer par Paris pour aller à la guerre. Il est de Loudéac. J'espère au moins qu'il viendra me dire bonjour, à quelque chose malheur est bon !

— Bien sûr, qu'il viendra, madame Tallec, il doit être content d'avoir une tante aussi gentille.

Cueillie par le compliment, la concierge leva les yeux au ciel. En quelques enjambées, Célestin fut hors de portée. Tout en grimpant les marches, il ouvrit l'enveloppe officielle. Il était affecté au 134e régiment d'infanterie et devait se rendre dès le lendemain à Orléans. Il ne lui restait plus qu'une soirée à Paris. Il rebroussa chemin et redescendit quatre à quatre.

— Vous avez oublié quelque chose ? s'étonna la concierge en le voyant disparaître au bout du couloir.

— Oui, madame Tallec : que le temps passe vite !

Célestin prit un tramway devant l'Hôtel de

Ville. Autour de lui, on ne parlait que de la guerre, et d'une victoire rapide : en quelques semaines, on serait à Berlin. En traversant la Seine, le jeune homme laissa son regard se perdre sur les reflets de soleil couchant, là où le fleuve se perdait dans une brume de chaleur. Le soir, déjà, se teintait de rouge, et c'est l'idée du sang qui, naturellement, vint à l'esprit de Célestin. Détournant les yeux du fleuve éblouissant, il rencontra le regard d'une toute jeune femme aux épais cheveux d'un roux foncé que la lumière colorait d'orangé. Vêtue simplement d'une robe longue serrée à la taille et d'un fichu de dentelle en partie déchiré, les bras croisés, elle le dévisageait en souriant. Il émanait d'elle un mélange de sensualité, de sauvagerie et de douceur qui remua profondément le jeune homme. Il sourit à son tour. Le tramway remontait la rue Monge avant de redescendre vers les Gobelins. Travaillé par le désir qui le poussait vers cette femme inconnue, Célestin fut pris d'une bouffée de nostalgie. Avait-il raison de quitter la ville pour rejoindre une guerre qui, même si elle durait peu de temps, provoquerait son lot de malheur, ferait des morts et des éclopés ? Le jeune flic connaissait la barbarie des hommes, il en avait trop vu, de ces pauvres types assommés, égorgés, éventrés à la suite de mauvaises rixes, des querelles d'alcool, de filles et de misère qui laissaient chaque semaine à la morgue une litanie de cadavres effarés. Les uniformes et la discipline n'y changeraient pas grand-chose : il allait bien falloir s'étriper.

— Banquier ! hurla le machiniste.

La jeune inconnue sauta du véhicule et Célestin eut l'impression qu'elle lui faisait un petit geste de la main, mais quand il la suivit des yeux tandis qu'elle s'éloignait par la rue Croulebarbe, elle ne se retourna pas. Le jeune homme descendit à l'arrêt suivant, Place d'Italie, et marcha jusqu'à la rue Corvisart. Sur le petit pont qui enjambait la Bièvre, il prit à droite un mauvais escalier qui menait sur la berge. Le cours d'eau charriait toutes sortes d'immondices et les lessives des riverains y laissaient des traînées blanchâtres. Sur la rive d'en face se dressait une grande bâtisse en bois montée sur des sortes de pilotis qui formaient un préau. De ce préau partait un escalier en bois lui aussi menant à l'étage. Célestin mit ses mains en porte-voix.

— Gabrielle !

Une jeune femme aux cheveux coiffés en chignon, portant un chemisier à ras du cou et un foulard noué négligemment sur les épaules passa son visage à la fenêtre.

— Célestin !

Elle souriait, mais presque immédiatement son visage devint grave.

— Entre donc. Justement, Jules vient d'arriver.

Jules Massonier, le mari de Gabrielle, était contremaître à la Brasserie de bière de la Reine Blanche, sur le boulevard Blanqui. C'est là qu'ils s'étaient rencontrés, elle préposée à l'embouteillage et lui qui dirigeait les expéditions. Ils auraient pu prétendre à un autre logement que cette grande baraque presque insalubre, mais c'était là que

Jules avait passé son enfance, près de sa mère blanchisseuse, et il n'avait pas pu s'éloigner du petit cours d'eau qui traversait l'arrondissement. Célestin, prenant appui sur un bac de lavage, sauta sur la berge opposée et grimpa l'escalier en quelques enjambées. Gabrielle lui ouvrit, ils s'embrassèrent affectueusement.

— Comment tu vas, frangine ?

— Comme une femme qui voit ses hommes partir à la guerre.

— Eh bien, tu les verras revenir !

Célestin se retourna vers la voix qui venait d'annoncer cette nouvelle optimiste. Un colosse moustachu et débraillé s'avançait dans la salle, la chemise ouverte dont les pans tombaient sur son pantalon noir.

— Salut, beau-frère !

Jules donna l'accolade à Célestin. Ils s'installèrent à table, Gabrielle vint leur apporter deux bières puis se mit aux fourneaux. Les deux hommes commencèrent à discuter. Ils s'étaient résignés à une guerre à laquelle l'opinion publique était préparée depuis des mois, mais un fond de révolte animait encore Jules. Il faisait de grands gestes des bras en parlant des Balkans, de l'archiduc François-Ferdinand, des gouvernements européens, des armées, des journalistes... Célestin le laissait parler, à la fois par déformation professionnelle et parce qu'il n'arrivait pas à se sortir de la tête la jolie fille du tramway. Gabrielle déposa sur la table un gratin de pommes de terre et deux tranches de jambon qu'ils se partagèrent. Tout en mettant les assiettes et les couverts, elle regardait son frère avec tendresse.

— Tu n'aurais pas pu rester à Paris, toi qui es dans la police ?

— Ça dépend de quel point de vue on se place. Officiellement, oui. Mais je n'aurais pas supporté de savoir les copains au front… Regarde Jules, il va bien se battre, lui.

— Oui, mais moi, je suis dans l'artillerie, on sera pas en première ligne.

— Parce que tu crois que les obus sont réservés aux pioupious ?

— C'est ça, casse-moi le moral !

— Assez causé de votre guerre, dit Gabrielle en s'asseyant. Si tu nous racontais plutôt ta dernière enquête ?

— Hé, notre guerre, c'est aussi la tienne, ma femme. T'es bien française, non ?

— Je ne suis qu'une ouvrière : l'Alsace-Lorraine, j'y ai jamais mis les pieds.

— Parle pas comme ça, frangine, il y en a qui pourraient mal le prendre.

Pour changer de conversation, Célestin raconta l'arrestation de La Guimauve et comment il l'avait relâché. Jules éclata d'un grand rire.

— Pauvre gars… Tu as bien fait de le laisser filer. Et puis voler les riches, c'est pas voler.

— Dis donc, Jules, si ton patron t'entendait parler comme ça ?

— Mon patron, il a rien à me reprocher : je fais bien mon boulot, j'en fais même plus qu'il ne me demande.

Ils éclusèrent une autre bouteille de bière et la fin de soirée, tandis que Gabrielle allumait la lampe à pétrole, se nuança de tristesse. Au moment de se dire au revoir, le frère et la sœur ne cachaient plus leur inquiétude. Gabrielle fit promettre à Célestin de venir dîner à sa prochaine permission, mais le cœur n'y était pas. Jules donna rendez-vous à son beau-frère quelque part sur le front.

— Je pars en formation à Tarbes, au moins j'aurai vu du pays !

Célestin serra sa sœur dans ses bras, elle n'avait plus le courage de parler. Il l'embrassa dans les cheveux, fit un dernier salut à Jules et redescendit le petit escalier de bois. Une chatte en chaleur miaulait sa peine, de l'autre côté du pont un matou lui répondit. Célestin remonta sur la rue Corvisart, il resta un moment accoudé au parapet. Un regard indiscret lui fit voir, par la fenêtre de la grande bâtisse, les ombres de Jules et de Gabrielle qui s'enlaçaient. Il détourna les yeux et rattrapa le Boulevard Blanqui, il trouverait peut-être encore un tram ou un autobus à la Place d'Italie. Il allait s'engager sur la place quand il reconnut la passagère du tramway. Elle sortait d'un estaminet, elle lui sourit.

— C'est moi que vous cherchez ?

— Je ne cherche personne.

— Pourtant vous avez l'air seul.

— Et alors ?

— Alors, rien.

Elle haussa les épaules, tourna le dos à Célestin et se pressa jusqu'à l'avenue d'Italie. Le jeune homme la suivit, elle marchait si vite qu'il était presque obligé de courir pour ne pas la perdre. Il la prit par le bras.

— Dites-moi quand même votre prénom ?

— Pourquoi faire ? Ça va vous encombrer la tête, monsieur qui n'est pas seul.

— Pour l'emporter avec moi à la guerre. Je pars demain.

— Et qu'est-ce que mon prénom irait faire à la guerre ?

Décontenancé, Célestin ne trouvait plus rien à répondre. De nouveau, elle sourit.

— Suivez-moi et tout à l'heure, vous saurez mon prénom.

Ils descendirent l'avenue vers les boulevards extérieurs, obliquèrent par l'avenue de Choisy et approchèrent de ce que les parisiens appelaient « la zone », cette étendue de terrains vagues au-delà des usines Panhard et Levassor envahie par des roulottes de tziganes ou de marginaux.

— Je n'ai pas beaucoup d'argent sur moi.

— Vous trouvez que je ressemble à une pute ?

— Non. Vous ne ressemblez à aucune femme que je connaisse.

— Tant mieux. Vous me plaisez, c'est pas un crime ?

Cette fois, elle lui prit le bras. Ils traversèrent le boulevard Masséna et débouchèrent sur un vaste terrain, une friche encombrée des rebuts des usines qu'occupaient çà et là des roulottes et les modestes installations de camps de fortune. Près d'un feu de camp, un type jouait sur une guitare une mélopée traînante qu'il accompagnait à mi-voix. Le couple passa près de lui, il ne leur accorda pas même un regard. La jeune femme s'arrêta devant l'un des chariots qui rappelaient ceux des cirques forains.

— C'est ici chez moi. Et je m'appelle Joséphine.

Elle le fit entrer dans un petit salon encombré de coussins, de bibelots dépareillés, de tout un fatras de seconde main atterri là par dieu sait quels hasards. La roulotte était encore chaude de la journée d'été. Joséphine ouvrit un petit vasistas et se retourna vers Célestin. Elle ne lui laissa pas le temps de poser des questions. En quelques gestes rapides, elle avait défait son châle, libéré sa chevelure et laissé tomber sa robe. Elle se glissa contre lui, douce, chaude, il enfouit son visage dans ses longs cheveux qui sentaient la ville et le vent. Elle défit sa ceinture, déboutonna sa chemise, il se laissa déshabiller. Elle le bouscula sur une étroite couchette, il la fit basculer sous lui et l'immobilisa pour mieux la voir. Elle entoura de ses jambes minces la taille de Célestin, s'ouvrit à lui. Joséphine était très belle et aimait l'amour. Célestin se perdit en elle jusqu'au point du jour. Il l'adora sans la connaître avec la ferveur d'un jeune homme et le désespoir d'un soldat qui part au combat. Quand un premier rai de lumière passa par les fentes des volets, elle lui raconta son histoire en forme de mélodrame, sa mère tuberculeuse morte quand elle avait dix ans, son père emboutisseur chez Panhard, qui continuait à faire ses dix heures par jour malgré deux doigts coupés, juste assez d'argent pour se payer la roulotte et survivre. Joséphine s'occupait de son père et se faisait embaucher à la journée pour divers petits boulots. Célestin eut l'impression qu'elle lui cachait quelque chose mais il se serait senti ridicule et grossier en l'interrogeant. La jeune femme était le cadeau d'adieu que lui faisait Paris, c'était à prendre ou à laisser : il l'avait prise et ne savait pas seulement s'il la reverrait un jour. Il la regarda tout en se rhabillant. Elle était assise, nue, dans la pénombre, ses longs cheveux dissimulant en partie ses deux petits seins ronds.

— Donne-moi ta main gauche. Ne t'inquiète pas, je ne vais pas te passer la bague au doigt : un soldat, c'est pas un bon parti.

Une nouvelle fois, le jeune homme eut le sentiment qu'elle se jouait de lui, mais il fit taire ses doutes en se rappelant la nuit et l'abandon avec lequel Joséphine s'était donnée à lui. Elle lui prit la main et l'ouvrit, paume au-dessus. Elle passa son doigt sur les lignes, elle semblait très concentrée.

— Alors, je vais m'en sortir ?

— Oui, tu vivras longtemps, Célestin. Tu vivras une vie d'émotions et de surprises. Tu es jeune, mais tu n'as déjà plus beaucoup d'illusions.

— Ce n'est pas dans ma main que tu vois ça.

— Je vois aussi une femme, très belle, très douce. Elle porte du malheur.

— Elle ne vit pas dans une roulotte ?

— Non, non, ce n'est pas moi : elle, c'est une dame.

— Toi aussi, tu es une dame, Joséphine, tu es une princesse.

— C'est pas la même chose.

Une dernière fois, il la prit dans ses bras et passa la main sur la douceur de sa peau, les courbes de son corps. Une dernière fois il l'embrassa et la laissa silencieuse et nue dans la lumière de l'aube. Il ne lui avait rien dit de lui, son prénom seulement, mais sans qu'il pût l'expliquer, il savait qu'elle avait deviné le reste, et qu'il était flic aussi. La journée s'annonçait magnifique. Il prit une grande inspiration et traversa le terrain vague. Une vieille femme assise démêlait des fils de fer qu'elle avait entassés dans le creux de sa robe. Elle s'interrompit pour le regarder s'éloigner, elle avait le visage sévère d'une idole païenne. Au loin, l'immense usine d'automobiles avalait les premières cohortes d'ouvriers. Bientôt, ceux-là aussi partiraient pour le front. Est-ce que tout allait s'arrêter ?

CHAPITRE 2

EXERCICES ET MANŒUVRES

La gare d'Orléans donnait le spectacle d'une effroyable cohue. La nuit d'amour avait mis Célestin sur un nuage et les bruits de la foule, les éclats de rires, les cris, les souffles de vapeur des locomotives, les coups de sifflet, lui parvenaient amortis, comme filtrés par la douce fatigue qui l'envahissait. Les soldats appelés, la plupart en civil, s'entassaient dans les trains, emportant avec eux des provisions de nourriture et des bouteilles de vin rouge. Les femmes, jusqu'au dernier moment, s'accrochaient à leurs bras, fières et inquiètes du courage et de la désinvolture de leurs fiancés. Quelques mères étaient là aussi, plus discrètes, plus graves, avec déjà le chagrin au cœur. Il y avait partout des uniformes, des officiers pleins de morgue, et tout un tas de gens affairés portant des brassards plus ou moins fantaisistes de toutes les couleurs : en ces temps d'alerte, il fallait faire partie d'un groupe, d'une ligue, d'une association, à défaut de partir immédiatement pour le front. Le prochain train pour Orléans démarrait du quai numéro deux. Célestin, jouant des coudes, se fraya un chemin jusqu'aux premières voitures. Une silhouette qu'il connaissait se glissa devant lui, frôlant les voitures et les gens. Le policier lui mit la main sur l'épaule.

— Tu aimes toujours autant la foule, Germain ?

Le type se retourna, il n'avait pas vingt ans, un petit visage pointu et deux yeux mobiles, à l'affût. Il eut un mouvement de recul en reconnaissant Célestin, puis sourit.

— Faut pas croire, mon inspecteur, je pars à la guerre, moi aussi.

— Et t'en profites pour barboter quelques portefeuilles ?

— Je ferais pas ça, on est tous dans la même galère, au jour d'aujourd'hui.

— Tu vas à Orléans ?

— Oui, 134e d'infanterie.

— Alors on fait le voyage ensemble.

Le pickpocket eut l'air embarrassé.

— Faut pas le prendre mal, mais je préfère pas. Un gendarme et un voleur, vous comprenez, ça va pas très bien ensemble.

— Mais c'est toi-même qui l'as dit : maintenant, on est deux soldats.

— N'empêche : il faut que je m'habitue.

Il fit un petit signe de la main et disparut dans la foule. Célestin l'avait embarqué à deux reprises, mais Germain ne semblait pas lui en vouloir plus que ça : au contraire, le jeune voleur avait du respect pour le policier, un respect prudent et sans amitié mais qui garantissait comme une règle du jeu. Profitant d'une portière ouverte et miraculeusement libre, Célestin se hissa à bord du train. Dans l'étroit couloir, c'était la bousculade, on se pressait, on se marchait sur les pieds, on s'injuriait, on poussait des jurons bien sentis. Tout ça sentait la vinasse, la cuite mal digérée, le tabac gris et la sueur. Célestin se félicita de n'avoir pas pris de bagages. Il réussit à se glisser jusqu'à un compartiment dont toute une moitié était restée libre. Surpris, il se jeta pourtant sur la banquette et se retrouva face à deux colosses maussades qui le regardaient de travers.

— Tire-toi d'ici.

— Excusez-moi, messieurs, mais vous n'avez pas le monopole de ce compartiment.

— On veut dormir, alors tu te tires.

— Je ne ferai pas de bruit.

— Et puis ça va maintenant, tu nous as assez cassé les pieds ! s'écria le plus costaud en sortant un couteau. Tu disparais ou je te saigne.

— Tu ne me fais pas peur, tête de veau.

L'autre en rougit de colère. Il allait se jeter sur Célestin quand un jeune officier se présenta à l'entrée du compartiment.

— Je vous dérange, messieurs ?

L'agresseur s'immobilisa.

— Qu'est-ce que c'est que ce couteau ? Une rixe ? Vous voulez déjà vous battre ? Gardez plutôt vos forces pour cogner sur les Boches.

Il posa tranquillement une petite valise en cuir jaune dans le filet à bagages et s'assit près de Célestin. La brute, en face, rangea son arme en grommelant. Dans le couloir, les appelés continuaient à se marcher dessus, certains passaient comiquement la tête dans le compartiment et, devant l'uniforme du lieutenant et la trogne hirsute des deux sauvages, battaient aussitôt en retraite. L'officier se tourna vers Célestin et lui fit un signe de tête.

— Lieutenant Paul de Mérange.

— Célestin Louise. Bienvenue dans ce compartiment.

Les deux hommes commencèrent à échanger quelques banalités sous l'œil hostile des deux autres passagers. Il y eut un long coup de sifflet et le train s'ébranla. Sur le quai, des femmes agitaient des mouchoirs, des hommes faisaient un signe de la main, des soldats immobiles attendant d'autres trains regardaient leurs frères d'armes partir pour un même destin. Paul de Mérange et Célestin étaient tous deux appelés au 134e d'infanterie. Paul venait de la Sarthe où il avait dû laisser à son frère Jean, qu'une jambe infirme exemptait de l'armée, la petite usine de briques qu'ils tenaient de leur père. Mais surtout, il avait dû laisser là-bas sa jeune femme Claire qu'il venait tout juste d'épouser.

— Vous avez quelqu'un ? demanda Mérange à Célestin.

— J'ai un joli souvenir de la nuit dernière.

Célestin se raconta en quelques mots. Quand il annonça qu'il était de la police, un des colosses pas encore endormi entrouvrit un œil. Le lieutenant demanda à Célestin s'il ne regrettait pas son choix, lui qui aurait pu rester à Paris.

— Si je le regrettais déjà, mon lieutenant, qu'est-ce que ce serait en arrivant au front ? Laissez-moi au moins le temps d'avoir peur.

Mérange, amusé, sortit un étui à cigarettes et en proposa une à Célestin qui refusa : le tabac blond le rendait malade.

— Je peux aller fumer dans le couloir.

— Non, non, je vous en prie, l'odeur n'est pas désagréable.

La campagne défilait sous leurs yeux, laissant voir au passage un hameau, une ferme isolée, quelques vieux paysans en retard de moisson qui interrompaient un instant leur besogne pour voir passer le train. Une jeune femme au corsage échancré, rouge de chaleur et de transpiration, leur fit un grand signe. Nulle part, on ne voyait plus d'homme jeune, comme si le monde entier avait été laissé aux femmes, aux enfants et aux vieillards.

À la gare d'Orléans, ce fut de nouveau le désordre, les cris, les bousculades. À voir tant de soldats aux uniformes incomplets, tant d'appelés hagards qui vérifiaient à chaque pas leur feuille de route, tant d'officiers qui s'efforçaient de prendre l'air affairé et de savoir où ils allaient, on eût dit que c'était toute l'armée française qui avait été convoquée là. La ville était envahie, les rues encombrées de pantalons rouges et de chariots de ravitaillement, les casernes surpeuplées. Célestin finit par apprendre que le 134e d'infanterie était caserné dans une école de filles, réquisitionnée pour l'occasion. Une trentaine d'hommes étaient logés dans chaque salle de classe, avec en guise de literie une botte de paille pour deux. Les soldats, dont certains avaient beaucoup marché pour arriver à la gare, ne s'étaient pas lavés depuis deux ou trois jours, et ça puait la sueur, le cuir et le vieux linge. Pendant qu'un petit groupe assis en rond commençait à faire bombance avec quelques provisions apportées de leurs fermes, Célestin décida de s'installer sur l'estrade en bois, sous le grand tableau noir. Il étala sa couverture réglementaire, ôta sa veste et la mit en boule pour se faire un oreiller puis s'allongea sur le dos, épuisé. Les cris des autres ne le dérangeaient pas, et d'ailleurs il se fatiguèrent vite. Avant que la nuit ne fût tombée, on entendit les premiers ronflements. Il manquait des rideaux aux fenêtres et la lumière du soir s'en vint rougir les murs. Célestin se mit sur le côté, dos à la salle. Il aperçut alors un petit morceau de papier coincé derrière l'estrade, c'était le bout d'une copie sur laquelle une nommée Simone Mercier avait rédigé son devoir de « mémoire », il s'agissait d'un poème de Baudelaire :

« Je n'ai pas oublié, voisine de la ville
Notre blanche maison, petite mais tranquille ;
Sa Pomone de plâtre et sa vieille Vénus
Dans un bosquet chétif cachant leurs membres nus,
Et le soleil, le soir, ruisselant et superbe,
Qui, derrière la vitre où se brisait sa gerbe,
Semblait, grand œil ouvert dans le ciel curieux,
Contempler nos dîners longs et silencieux,

Répandant largement ses beaux reflets de cierge
Sur la nappe frugale et les rideaux de serge. »

L'élève avait eu dix sur dix. Célestin replia le morceau de papier et le mit dans sa poche, comme un porte-bonheur, comme un morceau de paix. Dans la salle, une voix déjà endormie cria : « Les Boches, on les aura ! »

Célestin avait l'habitude de la discipline mais quand il se vit en uniforme dont la toile rêche lui semblait trop lourde et la couleur rouge du pantalon trop voyante, quand il dut obéir toute la journée à des ordres brefs aboyés par des sous-officiers qui transpiraient la bêtise, quand il fut obligé, pendant son tour de garde, d'interdire à ses camarades de sortir en ville boire un coup, il comprit que la guerre lui serait non seulement dangereuse mais à chaque instant pénible. Enfin, au bout de quelques semaines d'exercices épuisants, il eurent droit à un soir de permission. Les soldats avaient pris leurs habitudes dans un bistroquet situé au bout des quais de la Loire, et appelé « La Marine ». Son patron, Fernand, était un ancien batelier usé par le harnais le long des chemins de halage, perclus de rhumatismes et toujours de mauvaise humeur. La clientèle assidue de la troupe ne lui avait pas rendu le sourire : si ses bénéfices augmentaient, il y avait souvent de la casse, des bagarres et la visite de la rousse. À tout prendre, il préférait encore la morosité d'avant-guerre, quand le bar servait de rendez-vous à quelques habitués, à de rares pêcheurs et à d'anciens collègues, des gens de l'eau. Fernand, lui, était résolument passé du côté du vin. « La Marine » avait le double avantage d'être suffisamment loin des casernements et d'itinéraire facile pour les ivrognes en mal d'équilibre. Tout naturellement, c'est là que Célestin se rendit. La nuit tombait déjà quand il quitta le lycée. Le ciel, d'un bleu profond, se décorait d'étoiles minuscules et la lune à son déclin se mirait dans le fleuve. Le jeune homme prit le long des quais, admirant les reflets de la ville et goûtant la tranquillité de ces bords de Loire, si loin de la guerre. Les échos d'une course précipitée le firent se retourner, il y eut les cris d'une femme bientôt suivis de sanglots et, au coin d'une grande bâtisse, une silhouette qui s'évanouissait.

— Mon sac ! cria la femme.

Elle était toute jeune, toute mince et morte de frayeur. Déjà Célestin, qui avait reconnu l'agresseur, s'était mis à courir. Le voleur, croyant semer son poursuivant, s'était engouffré sous une porte cochère, mais Célestin l'avait vu. Il ralentit, se mit à marcher, alluma une cigarette et s'adossa à l'un des montants de la porte. Il souffla la fumée, puis, d'une voix forte :

— Germain, arrête de faire le con.

Comme il n'obtenait pas de réponse, le policier insista :

— Je compte jusqu'à cinq et je viens te chercher.

Il y eut un remue-ménage sous une vieille bâche et Germain se montra, couvert de poussière. Dans la pénombre de la cour, il ressemblait un peu à un fantôme. Il dissimulait maladroitement son larcin derrière son dos. Célestin tendit la main.

— Donne.

Penaud, Germain rendit le sac. C'était un bel objet en crocodile avec une anse en bois verni. Le pickpocket n'avait pas encore eu le temps d'en faire l'inventaire. Il lança au policier un air de défi.

— Et maintenant ? Qu'est-ce que vous allez faire ?

— De toi, pas grand-chose, mon pauvre vieux. Mais le sac, je vais le rendre à sa propriétaire. Et la prochaine fois, je t'emmène à la gendarmerie.

Plantant là son voleur, Célestin redescendit vers les quais. La femme était toujours là, appuyée au parapet, encore tremblante de peur. Il lui fallut un temps pour comprendre que c'était bien son sac qui lui revenait. Elle le serra contre elle et leva enfin les yeux sur Célestin. Son visage s'adoucit en un beau sourire.

— Merci, monsieur. Je ne sais comment…

— Il n'y a pas de quoi, madame. Vous avez vérifié qu'il ne manque rien ?

La jeune femme ouvrit son sac et y jeta un rapide coup d'œil.

— Non, tout est en place.

Elle eut un moment d'embarras.

— Je sais que l'ordinaire des soldats n'est pas formidable. Si vous voulez… je peux vous faire à manger.

— Vous êtes sûre que cela ne vous dérange pas ?

— Non, je vous assure. Mon mari est à la guerre, il est parti dès les premiers jours, et je suis sans nouvelle. D'une certaine façon, vous me rapprochez de lui.

— Dans ce cas…

Il marchèrent côte à côte dans la nuit de la ville, des cris de soldats en goguette résonnaient parfois au bout d'une rue. Ils gagnèrent ainsi un quartier plus calme, plus résidentiel, où s'élevaient des immeubles cossus.

— C'est curieux, tous ces soldats, cette année, toute cette agitation. Je ne m'attendais pas à cela.

— Nous ne sommes pas tous des voleurs, madame, rassurez-vous.

— Je sais bien, puisque vous êtes là. Et puis… je vais vous faire une confidence… il y a aussi un jeune officier qui me fait un peu la cour. Il sait pourtant que je suis mariée, mais cela ne le gêne pas.

— Et vous, cela vous gêne-t-il ?

— Je n'ai pas le cœur à le repousser franchement. Et puis lui aussi me rappelle mon mari. Mais qu'allez-vous penser de moi… La guerre nous met la tête à l'envers, n'est-ce pas ?

Elle s'arrêta et se tourna vers Célestin.

— Vous croyez qu'il y a beaucoup de morts ? De blessés ? On ne peut rien savoir, on nous dit seulement que l'état-major est confiant. Et pourtant, ce sont bien les Allemands qui ont avancé, et on a eu du mal à les arrêter, non ? Moi, je n'ai pas confiance, je n'aurai confiance que lorsqu'il reviendra.

Célestin, qui connaissait lui aussi les nouvelles désastreuses du front, ne trouvait pas les mots pour la rassurer. Il se contenta de hocher la tête en esquissant un sourire. Ils reprirent leur marche et entrèrent dans un des immeubles. La jeune femme habitait au deuxième étage. L'appartement était confortable, meublé avec goût et dégageait une telle impression d'intimité que Célestin se sentit gêné, comme s'il avait surpris les secrets du couple. Son hôtesse s'appelait Anaïs Farel, elle était la fille d'un grand architecte de la ville. Elle avait épousé un de ses jeunes assistants, Sylvère, dont la photographie trônait sur la cheminée. Celui-ci avait été mobilisé et envoyé au front comme officier du génie. Anaïs se rassurait en se disant qu'il était sans doute moins exposé que les autres, qu'il ne s'occupait que des transports, des ponts, des routes. Elle cherchait près de Célestin une confirmation, une assurance, mais le jeune homme n'en savait pas plus qu'elle, moins, sans doute. Elle lui prépara un dîner simple mais délicieux, accompagné d'un vieux vin de Bourgogne. Célestin commençait à voir la vie sous un jour moins sombre et à se laisser prendre à la douceur inattendue de la soirée lorsqu'on frappa à la porte. Un instant, Anaïs parut gênée, puis elle s'excusa et alla ouvrir. Elle revint avec un jeune homme, Célestin distingua d'abord l'uniforme de lieutenant avant de reconnaître son compagnon de voyage, Paul de Mérange. Il salua, embarrassé. Le jeune officier, lui, ne l'était nullement. On eût dit au contraire que la situation l'amusait. Anaïs voulut faire les présentations, Paul y coupa court :

— Nous nous connaissons. Nous étions dans le même compartiment de train, en venant de Paris. Heureux de vous revoir, monsieur Louise.

Anaïs eut un moment d'hésitation, elle échangea un regard avec Célestin qui avait forcément reconnu en Paul le nouveau soupirant de la jeune femme. Célestin sourit, s'inclina et annonça qu'il devait rentrer.

— Je ne vous chasse pas ? demanda Paul avec un brin d'ironie.

Célestin bredouilla de vagues explications et se retira. Anaïs le raccompagna à la porte en le remerciant.

Dans la rue qui le ramenait au casernement, le jeune policier pensait à ce couple surprenant que la guerre, en quelques jours, avait formé. Anaïs avait raison : ce désastre mettait les têtes à l'envers. Les têtes et les cœurs. Il marchait lentement quand il entendit quelqu'un qui courait derrière lui. Paul de Mérange fut bientôt à ses côtés.

— Je ne suis pas resté non plus, elle n'avait pas le cœur à me recevoir ce soir. Merci en tout cas pour ce que vous avez fait pour elle.

— J'ai fait le flic, ça ne me change pas.

Il marchèrent un moment en silence, puis Paul se décida à parler.

— Vous devez me trouver un peu culotté, non ?

— Je ne me suis pas posé la question.

— C'est ma faiblesse, voyez-vous : j'ai besoin d'une présence féminine, j'ai besoin de la douceur d'une peau, des formes d'un corps de femme. Je ne peux pas m'en passer longtemps. Ce qui ne m'empêche pas d'aimer ma femme, mais je l'aime à ma façon. Elle-même ne me comprend sans doute pas.

— Et sur le front, comment ferez-vous ?

— Sur le front, monsieur Louise, nous n'aurons qu'une seule obsession : sauver nos vies.

— On dirait que vous avez déjà fait la guerre.

— Mon oncle était soldat, il en parlait bien, avec lucidité et juste ce qu'il fallait de fierté. Même si la guerre est courte, elle fera de nous des hommes différents.

Célestin partageait cette opinion, qu'il n'aurait cependant jamais eu l'idée d'exprimer de cette façon. Les deux hommes se séparèrent, le lieutenant, après ses confidences, s'était enfermé dans un silence distant. Célestin le salua et rentra au lycée de filles.

La première mission officielle du 134e d'infanterie eut plus à voir avec le maintien de l'ordre qu'avec la guerre. Un convoi de prisonniers allemands, le premier, allait traverser la ville, pour gagner un camp situé dans le massif central. La nouvelle, sans doute répandue par les cheminots, avait couru la ville comme une traînée de poudre et, plus de deux heures avant le passage du train, la foule s'entassait déjà sur les quais et sur deux passerelles qui enjambaient les voies, au risque de les faire écrouler. La section de Célestin fut désignée pour occuper la gare et maintenir la sécurité le long des rails. Engoncé dans son uniforme mal coupé et trop lourd, son fusil à la main, Célestin suivit les autres et traversa la ville au pas de charge. Un homme à cheval les rejoignit et les fit arrêter à quelques centaines de mètres de la gare. C'était le lieutenant de Mérange.

— Soldats, c'est moi qui vais désormais commander votre section. Nous avons aujourd'hui ordre de maintenir la foule à distance du convoi de prisonniers, en évitant tout accident.

— Ça va pas être facile, mon lieutenant, s'inquiéta un soldat, les gens sont drôlement remontés !

— C'est normal, dit un autre, les Boches coupent les mains des enfants et les portent autour du cou.

— Vous en connaissez plus que moi, monsieur, sur les mœurs de nos ennemis, lança Mérange. Mais quoi qu'il en soit, nous avons ordre de protéger ce convoi et d'éviter tout débordement. Et songez qu'en ce moment même, certains de vos camarades sont captifs en Allemagne : il est normal de traiter nos prisonniers comme nous souhaitons que soient traités les leurs.

Lucien Flachon, un gros type barbu au petits yeux porcins, se pencha vers Célestin :

— Il paraît que les Boches se déguisent en infirmières pour venir achever les blessés sur le champ de bataille. Ça, faut le faire, non ?

Célestin, abasourdi, ne répondit pas. On s'était

remis en marche. Il fallut se frayer un chemin à travers une foule hostile qui s'écartait quand même, à regret, pour laisser passer les soldats. Des cris fusaient.

— Vous êtes là pour protéger les Boches ou pour leur faire la guerre ?

— On va pas leur payer des vacances, aux Boches !

— Il faut leur faire la peau !

À travers ce convoi, c'était comme une présence tangible de la guerre et chacun désirait se montrer, à bon compte, héroïque. C'était l'assaut des petits commerçants, la charge des boutiquiers, l'abordage des bourgeois de province. Des adolescents s'étaient armés de pierres ou de boulons, un homme brandissait même un sabre sous le sourire fier et indulgent de sa femme enchapeautée. La section de Célestin prit place le long du quai, repoussant avec la crosse des fusils les badauds les plus agressifs. Mérange, descendu de cheval, discutait avec le chef de gare. On entendit soudain un coup de sifflet cependant qu'apparaissait au loin, tout au bout des voies, le nuage de vapeur d'une locomotive.

— Les voilà ! cria un enfant.

Il y eut un moment de flottement, la foule grondait et Célestin se vit un instant débordé, piétiné, jeté sur les rails, écrasé par le train.

— Baïonnette au canon ! ordonna le lieutenant.

En voyant briller l'acier au bout des fusils, les gens prirent peur. Le flot recula, on s'écrasait contre les portes.

— À la passerelle ! hurla un gros bonhomme à moustaches.

En quelques secondes, les quais furent presque désertés, il ne resta plus que quelques curieux qui voulaient voir les Allemands de près, tandis que le reste de la troupe prenait d'assaut la passerelle qui enjambait les voies. Déjà, le train s'approchait dans un grand panache de fumée blanche.

— Qu'est-ce qu'on fait, lieutenant ? demanda Flachon.

— J'ai ordre de surveiller les quais, pas la passerelle. Et puis c'est trop tard.

En effet, les premiers projectiles rebondissaient déjà sur les toits des wagons. On avait entassé les prisonniers dans des fourgons à bestiaux et le conducteur du train, comme un bateleur aux effets faciles, ralentissait à dessein de façon à laisser la foule exprimer sa haine. Un petit groupe d'adolescents s'était faufilé jusque sur les voies et balançait des bouteilles vides qui venaient se briser aux barreaux des petites ouvertures des wagons. Des injures fusaient, des mots simples et crus qui appelaient la mort et le carnage. Dans les voitures, rien ne bougeait. Seul, accroché aux barreaux d'une des fenêtres, un homme au visage émacié, portant un grand bandeau taché de sang en travers du front, observait la ville et ses habitants déchaînés, si loin de la guerre. Les éclats de verre qui passaient à le frôler ne semblaient pas l'effrayer, il restait immobile et comme fasciné par ces appels au meurtre, ces cris de vengeance qu'il ne comprenait pas bien et qui lui semblaient si violents, si étranges dans la bouche de civils qui n'avaient pas connu les combats. Lorsque le train entra en gare, à vitesse réduite, Célestin ne put s'empêcher de se retourner. Il vit dans la petite ouverture du wagon ce visage blessé, impassible et sévère, il échangea avec ce prisonnier inconnu un regard singulièrement triste, c'était comme si cet homme pour qui la guerre était déjà terminée lui disait :

— Ne va pas là-bas, tu ne reconnaîtras plus rien, ni les autres ni surtout toi-même.

— Louise, qu'est-ce que vous regardez ? l'interrompit le lieutenant.

Célestin sursauta et s'arracha à sa contemplation. Le train quittait déjà la gare. Une autre escouade s'était engagée sur les voies et sur la passerelle, repoussant la foule qu'une joie mauvaise avait ragaillardie. Les parents entouraient d'un bras protecteur leurs gamins lanceurs de pierres, fiers de leur pauvre exploit. Quelques femmes tremblaient d'indignation d'avoir pu entrevoir, même de loin, ces barbares féroces qui allaient tuer leurs fils ou leurs maris. Il y eut encore quelques cris d'imbéciles et la troupe dégagea les quais et les voies sans rencontrer de difficulté. Le retour à la caserne fut l'occasion pour les soldats, déconcertés par cette première mission inattendue, d'échanger les maigres informations qu'ils avaient pu récolter ici ou là, de colporter les rumeurs qui traînaient d'un casernement à l'autre ou d'exorciser par quelques mauvaises plaisanteries la peur qui les tenait au ventre. Aussi lorsque le soir même on leur annonça qu'ils partaient pour le front dès le lendemain matin, la plupart d'entre eux en furent soulagés : tout valait mieux que cette attente interminable peuplée de fausses nouvelles, de discours de propagande et de communiqués que les journaux reprenaient en les amplifiant, en les déformant, en tâchant d'y lire entre les lignes les avancées et les revers d'une armée dont, au fond, on ne savait pas grand-chose. Cette nuit-là, ils ne dormirent pas beaucoup. Célestin écrivit à sa sœur, beaucoup d'autres à leurs femmes et les plus jeunes à leurs parents. L'automne avait fraîchi d'un coup, il ne restait plus rien des chaleurs de l'été, la brume tombait souvent le soir, elle se levait du fleuve et glissait sur la ville. Dans les dortoirs, on fermait en frissonnant les fenêtres. La salle de classe ou s'était entassée la section de Célestin était éclairée par quelques bougies tremblotantes. Les paquetages étaient faits. Quatre hommes jouaient aux cartes dans un coin, en étouffant leurs rires et leurs algarades. Célestin, assis au bord de l'estrade, fumait une cigarette en pensant à Joséphine. La reverrait-il un jour ? Et comment s'y prendrait-il pour la retrouver ? Aurait-il le culot de retourner au terrain vague près des usines ? Il écrasa sa cigarette en se disant qu'avant tout, il faudrait rentrer de la guerre, ne pas y laisser sa peau. Il se rappela ses parents, son père qu'il revoyait toujours très grand et sec, avec des mains immenses, et sa mère, à la fois discrète et malicieuse, qui menait son mari par le bout du nez en donnant l'impression de la plus grande docilité.

Célestin, au fond, était soulagé qu'ils ne fussent plus là pour l'attendre, pour s'inquiéter de son sort : c'était bien assez d'avoir une sœur à rassurer. Leur père, employé d'octroi, avait été assassiné par un commerçant ivre qui ne voulait pas payer la taxe, et leur mère avait été emportée par le chagrin, quelques mois plus tard. Célestin, alors, avait dix ans. Il s'allongea et s'enroula dans sa couverture. Il allait fermer les yeux quand un soldat entra, considéra la classe envahie par la troupe, ôta son casque et se passa le revers de la main sur le front. C'était Germain Béraud, le pickpocket.

— Salut, Germain. Qu'est-ce que tu fiches ici ?

Le petit voleur sursauta, on eût dit un moment qu'il allait prendre les jambes à son cou.

— Assieds-toi donc, fit Célestin en se redressant. De toute façon, il n'y a pas de place ailleurs.

Germain s'assit du bout des fesses au bord de l'estrade. Il expliqua en chuchotant au policier qu'on l'avait finalement intégré à sa section.

— Ils ne voulaient plus de toi à côté ?

Germain baissa la tête sans répondre.

— Ça va, ne me dis rien, tu as encore eu les mains qui traînaient… Pas de ça ici, hein ?

L'autre acquiesça. Célestin lui fit une place près de lui, sous le grand tableau qui s'était couvert, au fil des semaines, de graffitis obscènes, de slogans militaristes et de prénoms de femmes. La dernière flamme d'une bougie éclaira un cœur percé d'une flèche et marqué d'initiales, et puis ce fut la nuit, la dernière nuit avant le front.

CHAPITRE 3

AU FRONT

Le jour pointait à peine. Près de deux cents soldats étaient alignés dans la cour de la caserne. Paquetage sur le dos, fusil au pied, ils écoutaient un capitaine leur parler d'honneur, de devoir et de courage. Dans la fraîcheur du petit matin, des bouffées de vapeur s'échappaient de la bouche de l'officier, accentuant l'aspect fantomatique de la scène. En bout de colonne, le lieutenant de Mérange, comme les autres officiers, était immobile sur son cheval, on aurait dit une statue si l'animal n'avait pas frissonné de temps en temps, comme s'il avait deviné qu'il allait lui aussi vers son lot de souffrances.

— En avant, marche !

La longue colonne de soldats se mit en route. Les chefs avaient demandé à quelques tambours et clairons d'accompagner la marche vers la gare, attirant tout du long les habitants de la ville. L'enthousiasme débordant du début de la guerre avait cédé la place à la gravité, on pouvait même lire de la pitié dans les yeux des femmes. Comme devant un cortège de condamnés à mort, beaucoup d'hommes se découvraient. Les nouvelles du front étaient inquiétantes, on se doutait désormais que la guerre serait longue. Le régiment s'entassa dans des wagons à bestiaux, les mêmes que ceux qui avaient servi à transporter les prisonniers allemands. Le sol était couvert de paille. Célestin balança son barda dans un coin et se cala contre la cloison. Le petit Germain vint s'installer près de lui, un peu embarrassé quand même de se trouver près du flic.

— Je connais personne d'autre, avoua-t-il en haussant les épaules.

Sans répondre, Célestin se contenta de lui offrir une cigarette. Les portes se refermèrent et le train démarra. Le gros Flachon se colla le visage à la petite ouverture.

— Adieu, monde cruel ! lança-t-il, théâtral.

— Pourquoi que tu dis ça, Flachon ? C'est pas ce monde-ci qu'est cruel, c'est plutôt là où qu'on va.

Flachon se retourna vers son interlocuteur, un paysan des environs de Pithiviers, un gaillard qui s'appelait Gabriel Fontaine.

— Qui vivra verra, souffla le gros Flachon en se laissant tomber sur la paille.

— Vivre, c'est bien de ça qu'il s'agit, murmura un autre type de la section, Pierre Peuch, un grand brun aux yeux bleus, au visage coupé au couteau.

— En attendant, je crois que je vais me piquer un petit roupillon, ça peut pas faire de mal, annonça Flachon.

De fait, quelques minutes plus tard, il ronflait

comme un sonneur. Le petit groupe s'était soudé au gré des exercices et des manœuvres des semaines précédentes, mais il restait entre eux une sorte de pudeur, c'était comme s'ils attendaient tous de se voir au combat, inquiets non pour les autres mais pour eux-mêmes, pour leur propre comportement devant l'ennemi. Ils n'osaient pas encore s'avouer l'un à l'autre leur peur, et de ce secret qu'ils partageaient sans le savoir naissait une gêne qui les poussait tantôt à plaisanter, tantôt à détourner les yeux et à se murer dans le silence. Béraud tira la dernière bouffée de sa cigarette qu'il écrasa soigneusement sur la semelle de sa chaussure.

— C'est vrai que germain, ça veut dire boche ?

Le pauvre type semblait honteux d'un prénom qu'il n'avait pas choisi et qui, brusquement, lui posait un grave problème.

— Réfléchis, lui répondit Célestin : la Germanie, c'est l'ancien nom de l'Allemagne.

— On dit pas l'Allemagne, on dit la Bochie, cria une voix.

— Alors c'est vrai, germain, c'est boche, conclut tristement le pickpocket.

— C'est pas grave, on t'appellera par ton nom.

Béraud hocha la tête, ça lui allait bien comme ça. Bientôt, les cahots du train eurent raison de leur énergie et la plupart des soldats s'endormirent. Célestin pensait à Joséphine, et le souvenir de sa nuit d'amour le gardait éveillé. Comme ils remontaient vers le nord, le soleil fit son apparition, découpant un rectangle lumineux sur la capote d'un des endormis. De temps en temps, l'ombre d'un arbre venait y faire une brève caresse. La personnalité du lieutenant de Mérange tracassait aussi Célestin : après tout, il serait un de ceux qui commanderaient à leurs destinées, dans les prochaines semaines, ou les prochains mois si la guerre durait un peu. Pouvait-on compter sur un homme qui, à peine marié, se jetait dans les bras d'une autre femme seulement pour calmer son angoisse ? Pourtant, le jeune policier ne pouvait s'empêcher d'éprouver de la sympathie pour lui. Et puis n'était-il pas directeur d'entreprise ? Il avait au moins le sens des responsabilités. Célestin regarda autour de lui ses compagnons assoupis, il éprouva brusquement pour eux une grande amitié et, dans ce wagon qui sentait encore l'étable, et qui les emmenait au combat, il se sentit pour la première fois faire vraiment partie d'une armée.

Le train fit plusieurs haltes, mais personne ne regarda au-dehors. Au début, ils dormaient, ensuite on eût dit qu'ils étaient gagnés par une sorte d'indifférence : il allaient se battre, qu'importait le trajet ? La faim, pourtant, avait fini par les réveiller les uns après les autres, une faim qu'ils trompaient en fumant ou en buvant à leurs gourdes que les plus malins avaient remplies d'alcool. La plupart râlaient, furieux d'être traités « pire que des bêtes », comme le grognait Flachon. Enfin, comme un arrêt se prolongeait, Fontaine alla jeter un coup d'œil par la petite fenêtre.

— Hé, les gars, on est à Compiègne !

— Ça nous fait une belle jambe, mon pote.

— Attends, y'a un fourrier qui s'amène.

— Ben c'est pas trop tôt !

La lourde portière coulissa et deux soldats poussant un chariot leur lancèrent quelques miches de pain avec un peu de fromage et du vin rouge. Les occupants du wagon manifestèrent leur mauvaise humeur, on se fichait d'eux, c'était tout juste un hors-d'œuvre.

— Tu ferais mieux de te calmer, Flachon, rigola Fontaine, c'est que le début de la faim, F-A-I-M.

— Qu'est-ce que tu racontes ? Et d'abord, j'ai pas d'orthographe, mais j'ai les crocs !

N'empêche, ils ne laissèrent rien perdre. Célestin était descendu sur le quai et mangea sa ration assis sur un banc. Deux officiers s'approchèrent et se plantèrent devant lui. Comme il ne réagissait pas :

— Il faudra apprendre à saluer, mon garçon.

Célestin se leva brusquement et fit le salut réglementaire.

— Bien, mon capitaine. Excusez-moi, mon capitaine.

L'officier le toisa, puis s'éloigna, maussade.

— Et c'est avec ça qu'on doit faire la guerre, lança-t-il à son collègue.

Célestin se rassit. Pour le coup, il n'avait plus faim. Il allait falloir obéir à ces imbéciles galonnés qui rêvaient de médailles sans avoir jamais connu la guerre. Au moins, dans la police, on s'élevait au mérite, et ses supérieurs directs connaissaient bien le terrain. Une ombre vint se mettre près de lui :

c'était le pauvre Béraud qui semblait s'attacher à lui comme un jeune chien à son maître. D'autres soldats quittèrent le wagon et se mirent à flâner sur le quai en allumant leurs cigarettes.

— C'est un bon jus qu'il nous faudrait, à c't'heure, brama Flachon.

— Du café moulu, j'en ai dans ma besace, mais c'est l'eau chaude qui va manquer, répondit Béraud, content de se faire bien voir des autres.

— De l'eau chaude ? Attends un peu...

Célestin s'était levé. Il vida sa gourde sur les rails et s'approcha de la locomotive qui se reposait dans de grands soupirs de vapeur. Un des mécaniciens graissait les embiellages tandis que l'autre, resté dans la cabine de conduite, vérifiait les pressions. Comme il transpirait, il se passa un mouchoir sale sur le front et remarqua Célestin.

— Salut, mon gars. Qu'est-ce qu'il y a pour ton service ?

— Vous avez bien de l'eau chaude, là-dedans ? demanda le jeune homme en tendant sa gourde.

— Sûr que c'est pas ça qui manque.

Le cheminot prit la gourde et, ouvrant une vanne d'évacuation dans le circuit d'eau, la remplit à ras bord. Il la rendit toute fumante à Célestin.

— Et qu'est-ce que tu vas faire avec ça ?

— Un jus. Il y a un type de ma section qui a du café.

— Tu es un malin, toi !

Les deux mécaniciens regardèrent Célestin rejoindre les autres soldats : combien ils en avaient transporté, de ces jeunes appelés qui allaient au casse-pipe sans se douter de ce qui les attendait. Et c'était les mêmes trains qui les ramenaient, éclopés, mutilés, cassés, plus bons à rien sauf à rappeler à ceux de l'arrière que là-bas, au nord, à l'est, on se battait pour eux. Sur le quai, le café de Béraud fut chaleureusement salué par les copains. Puis il y eut des coups de sifflet, on rembarqua, les portes se refermèrent et le train repartit. Cette fois, plus personne ne songeait à plaisanter. Ils avaient regardé une carte, Compiègne, c'était plus si loin du front. Un des soldats nettoyait son fusil, les autres restaient silencieux, et leur silence était comme une prière. Quand il pensait à ce qui les attendait, Célestin sentait son cœur bondir dans sa poitrine, comme s'il se réveillait d'un coup et que la réalité était beaucoup plus inquiétante que ses rêves.

Ce fut en fin d'après-midi qu'ils arrivèrent à Crouy, au nord de Soissons. Un vent glacial précédait la nuit. Il y eut des cris, des ordres lancés par les officiers à cheval, les soldats se mirent en marche par petites troupes d'une quarantaine d'hommes. Béraud n'avait pas lâché Célestin, jusqu'ici on leur avait laissé la liberté de se regrouper comme ils le voulaient. Ils avancèrent à marche forcée à travers une campagne noire d'automne et de nuit, traversant aux abords des cours d'eau des nappes de brume qui leur donnaient l'air de fantômes. Et brusquement, loin devant eux, il y eut un sourd grondement tandis que de brèves lueurs, semblables à celles d'un orage, illuminaient fugitivement l'horizon.

— Les canons, murmura Fontaine qui marchait derrière Célestin.

Tous les soldats gardaient les yeux rivés à ces lumières de mort décalées de quelques secondes du bruit menaçant des explosions. Le lieutenant de Mérange, qui chevauchait à leurs côtés, leur ordonna de maintenir l'allure : ils avaient plus de vingt kilomètres à parcourir, et déjà il faisait presque nuit. Pas assez, cependant, pour leur dissimuler les croix de bois d'un cimetière militaire fraîchement installé en bordure de la route.

— Pauvres gars, dit quelqu'un.

— En tout cas, celui-là est plein, il n'y a plus de place pour nous !

— T'as raison, Flachon, nous, on restera pourrir sur place.

— Silence ! cria Mérange. Et accélérez le pas !

Ils arrivèrent à Chavonne à la nuit noire. Ils s'étaient faits au bruit de la canonnade, mais celle-ci était maintenant toute proche. Le petit village était complètement vidé de ses habitants, de nombreuses maisons avaient été bombardées et s'étaient écroulées, d'autres présentaient un toit éventré ou un pignon lézardé.

— Vous cantonnez dans les habitations, demain, nous formerons les compagnies. Rompez !

La troupe se répartit au petit bonheur dans les maisons dévastées, cherchant les moins abîmées, celles qui possédaient encore un bout de toit solide ou même quelques pièces d'habitation en bon état. Célestin, Béraud, Flachon, Peuch et Fontaine avaient repéré une maisonnette entourée d'un petit jardin, et qui semblait avoir résisté assez bien aux bombardements. Comme Célestin poussait la porte du jardinet, un curieux miaulement leur vrilla les oreilles. Les cinq hommes s'immobilisèrent, sidérés.

— T'as entendu, le parigot ? C'était quoi, ça ?

— Une balle perdue. Allez, on traîne pas.

Ils se précipitèrent dans la maison dont la porte avait déjà été enfoncée. Ils eurent vite fait l'inventaire des pièces qui avaient récemment servi de cantonnement. Un soldat avait gravé dans le plâtre du mur, au-dessus d'une cheminée encombrée de gravats : À BERLIN ! Le graffiti avait immédiatement attiré l'œil de Flachon.

— À Berlin ! Il est rigolo, lui ! Où est-ce qu'il est, maintenant ? À Berlin ?

— De toutes façons, on ne doit pas faire de dégradation, dit Peuch, qui pensait à sa propre ferme laissée à la garde de sa femme et de sa mère.

— Allez, les gars, faut s'installer pour la nuit, intervint Célestin, je vais regarder s'il n'y a pas une cave, on serait plus à l'abri.

— J'y vais, monsieur, le coupa Béraud qui se précipita vers le fond d'un couloir où l'on devinait une petite porte.

Flachon dévisagea Célestin avec perplexité.

— Et pourquoi qu'il t'appelle « monsieur », le petit ?

— Parce que je l'ai déjà flanqué en taule.

— T'es un poulet ?

— C'est embêtant ?
— J'ai pas dit ça : y'a pas de sot métier.
— Et qu'est-ce qu'il avait fait, Béraud ? s'enquit Fontaine.
— Pickpocket.
— Les gars, faites gaffe à vos larfeuilles ! plaisanta Flachon.
Béraud, qui était revenu, s'immobilisa au seuil de la pièce. Il lança un regard de haine à Célestin qui se contenta de hausser les épaules.
— Ils m'ont demandé pourquoi tu m'appelais « monsieur ».
Béraud, ulcéré, s'avança.
— Ouais, c'est vrai, j'ai fait du trou, et je ne suis pas un gars honnête, mais rassurez-vous, vous n'êtes pas des bons clients, ça se voit sur vos tronches : vous n'avez pas un rond, je ne vais pas m'amuser à vous faire les poches, ça vaut même pas le coup.
Il alla récupérer son barda dans un coin.
— Moi, y'a que les riches qui m'intéressent, et des rupins, y'en a pas des masses par ici. Maintenant, si vous n'avez pas les jetons de dormir dans la même pièce que moi, y'a de la paille dans la cave, et même un vieux matelas.
Il traversa la pièce dans le silence, les autres ne savaient plus quoi dire. Célestin, amusé, se mit à rigoler.
— Ça va, Germain, on te suit.
— Vous aviez dit que vous ne m'appelleriez plus Germain.
— C'est vrai. On te suit, Béraud.

Passé la petite porte, on descendait un escalier de bois qui donnait sur une cave au plafond bas, au sol de terre battue. Tout un bric-à-brac l'encombrait, vieux casiers à bouteilles en bois, bicyclette toute rouillée, bocaux divers ébréchés pour la plupart, piles de journaux mangés par les souris. Béraud avait déplié un matelas éventré, sa trouvaille. Pour le reste, il fallut se débrouiller, les cinq hommes se casèrent comme ils purent. Fontaine remonta pour essayer de dénicher le fourrier et la roulante, histoire de ne pas dormir le ventre vide. Il rapporta un bidon de soupe, du pain et quelques litres de vin rouge. Les hommes s'endormirent ainsi, au creux de la maison, tenaillés par l'angoisse de la guerre toute proche. Même Flachon n'avait plus le cœur à plaisanter, de voir cette maison abandonnée et à moitié démolie lui avait sapé le moral. En pleine nuit, ils s'éveillèrent en sursaut : le fracas de détonations toutes proches secouait les murs de la maison.

— Les Boches, ils bombardent ! murmura Fontaine, mal réveillé.

— Je vais jeter un coup d'œil, bougez pas, ordonna Célestin.

Il se faufila hors de la cave. Des éclairs, dehors, l'intriguèrent. Se glissant le long d'un mur, il surprit un étrange ballet : autour d'un canon de 75, dans la lumière grise d'une lune voilée, quelques artilleurs enfournaient leurs obus et déclenchaient à intervalles réguliers le tir de leur engin. Les nuages de fumée qui les entouraient, comme des nappes de brume vite chassées par le vent glacial, leur donnait un aspect irréel, on aurait dit des démons de l'enfer occupés à quelque noire facétie destinée à distraire leur maudite éternité. Les soldats déclenchèrent une nouvelle explosion puis attelèrent le canon et disparurent à sa suite. Ils s'étaient à peine évanouis dans la pénombre que sifflèrent dans le ciel les fusants de la riposte allemande. Célestin se jeta à terre, se collant le plus possible à la cloison qui tremblait. Des shrapnels rebondirent un peu partout sur les toits des maisons, brisant dans leurs courses quelques tuiles ou les rares fenêtres encore intactes. La salve fut de courte durée. Le calme revenu, Célestin regagna la cave où les autres l'attendaient, anxieux.

— C'était les nôtres, on a mis un canon de 75 en batterie sur la place. Après, les Boches ont riposté mais ça y est, c'est fini, tout le monde est reparti.

— Alors on peut de nouveau roupaner, conclut Flachon en s'enroulant dans sa capote.

Béraud, lui, encore effrayé, tenta de se rouler une cigarette mais ses mains tremblaient trop. Il balança le papier et le tabac gris. Célestin lui tendit une cigarette. Ils fumèrent tous les deux sans un mot. Et puis Béraud lui chuchota :

— Vous savez, monsieur, quand je rentrerai de tout ça, je me trouverai un métier.

Célestin hocha la tête et, d'un geste, lui conseilla de se rendormir. Mais le petit voyou resta les yeux grand ouverts jusqu'à ce qu'une vague clarté échappée par un soupirail leur indiquât que la nuit était finie.

Au petit matin, on forma les compagnies. Le capitaine-adjudant-major chargé des affectations était un gros débonnaire qui laissa les soldats se regrouper par affinités. C'est ainsi que Célestin, Béraud, Flachon, Fontaine et Peuch se retrouvèrent avec le lieutenant de Mérange versés à la 22e compagnie, qu'ils devaient rejoindre au plus vite en première ligne. Bien avant qu'il fît grand jour, dans la lueur blafarde de l'aube, un guide vint les chercher. Il arrivait des tranchées, il était couvert de boue, de la pointe des godillots jusqu'à la visière du képi, il en avait plein le visage, les mains, la moustache… Il s'appelait André Garin, il venait de Chartres. Il salua le lieutenant, regarda les nouveaux avec un mélange de tristesse et d'ironie et dicta ses consignes :

— Suivez-moi, et faites tout ce que je fais : si je me baisse, baissez-vous, si je cours, courez, si je rampe, rampez, c'est compris ? On a près de deux kilomètres à faire avant d'arriver à la tranchée et les Boches mitraillent sans arrêt.

Un épais brouillard enveloppait le paysage. Quand, par endroits, il se levait, Célestin apercevait un paysage lunaire fait de levées de terre, de buttes en partie écroulées, de restes de constructions, de morceaux d'arbres… C'est dans cette campagne nue qui, tout autant que le claquement des mitrailleuses, signifiait la guerre, qu'ils s'engagèrent. De temps en temps, lorsqu'ils devaient franchir un espace découvert, ils étaient obligés de ramper et entendaient alors les balles siffler au-dessus d'eux. À un moment, alors qu'ils s'étaient jetés à terre tout près l'un de l'autre, Célestin et Mérange échangèrent un regard. Mérange semblait tranquille, juste un peu sombre et cela réconforta Célestin de le sentir calme et presque détaché : il avait la trempe d'un chef. Après une voie ferrée dont les rails tordus dessinaient d'inquiétants hiéroglyphes, s'ouvraient les premiers boyaux. On y descendait par quelques marches rudimentaires à moitié défaites, il fallait s'avancer courbé car les boyaux n'étaient pas suffisamment profonds. Très vite, le réseau devenait dense, il y avait des croisements, des bifurcations, des culs-de-sac, et toujours au fond un mince filet d'eau croupie qui se transformait ici et là en larges flaques où les chaussures disparaissaient presque toutes entières.

— On approche du front, murmura Fontaine avec gravité.

Pourtant, mis à part le claquement énervant de deux mitrailleuses qui dialoguaient en bégayant et le sifflement des balles perdues, le petit matin était encore paisible, silencieux. Au sortir d'une courbe, la petite troupe dut se coller à la paroi de glaise du boyau pour laisser passer une escouade qui partait en repos. Les soldats, boueux, gorgés de fatigue et de froid, s'avançaient d'un pas lourd à la file indienne en regardant droit devant eux, les yeux encore hallucinés des combats. L'un d'eux, blessé, soutenu tant bien que mal par un de ses compagnons, gardait serré contre lui son bras en écharpe. Ils disparurent comme des spectres, sans laisser aucune trace dans l'eau boueuse du boyau.

— La relève est commencée, chuchota Garin. D'habitude, on la fait de nuit, mais là, comme il y a du brouillard, on vous a laissés dormir.

— Trop aimable ! ironisa Flachon.

— À partir de maintenant, plus un mot, et pas de cigarette.

— Et quand est-ce qu'on aurait le temps de s'en rouler une ?

Ils reprirent leur marche difficile. Ils arrivèrent bientôt en deuxième ligne, dans une tranchée mieux aménagée, avec quelques étais de bois sur les parois et plusieurs abris creusés dans le sol, dans lesquels on pénétrait par de petites ouvertures, souvent fermés par un bout de tissu. Le fond de la tranchée était lui aussi couvert de rondins, mais les cinq nouveaux, mal habitués à cette disposition, n'arrêtaient pas de trébucher en jurant, malgré les ordres brefs de Garin les rappelant au silence. Il s'arrêta soudain et se tourna vers le lieutenant.

— On arrive.

Mérange acquiesça et fit un signe aux autres.

— Baïonnette au canon !

Les quatre soldats, impressionnés, fixèrent au bout de leurs fusils les lames effilées.

— On va attaquer à la baïonnette ? interrogea Béraud, mort de trouille.

— Mais non, le rassura Garin : c'est toujours comme ça quand on arrive en première ligne. Simple précaution.

Une précaution qui, visiblement, ne rassurait pas le pauvre garçon. Enfin ils arrivèrent. Célestin fut frappé par la précarité des installations. La tranchée n'était qu'une fosse creusée à la hâte, sans construction, avec seulement, à intervalles réguliers, des trous d'homme, petits refuges individuels destinés à protéger contre les bombardements. À part ça, aucun abri, aucune cagna, seuls quelques sacs de sable en surplomb formaient comme une ligne crénelée qui protégeait contre les tirs rasant des fusils ou des mitrailleuses. Une Hotchkiss avait été installée dans un creux, un peu en arrière. Quelques pelles encore chargées de boue avaient été laissées, posées contre les parois. Mérange ordonna immédiatement de dégager la tranchée aux endroits où l'humidité avait fait s'ébouler les talus. Les premières heures passèrent vite, avec une courte pause de temps en temps, pour fumer une cigarette ou boire un coup. Le brouillard se leva brusquement, et un rayon de soleil inattendu éclaira le champ de bataille, parsemé de débris, d'éclats de métal, de morceaux de bois, de bouts d'uniformes lacérés… Célestin jeta prudemment un coup d'œil et son attention fut attirée par un tournoiement de corbeaux au-dessus de masses grises, informes.

— Tu regardes les cadavres ? lui demanda Garin. Dès qu'on avancera, on pourra les enterrer. Mais pour le moment, ne va pas pointer ton nez là-bas !

Une estafette déboula, hors d'haleine, et tendit un pli de l'état-major au lieutenant. La section de

Mérange, forte d'une vingtaine d'hommes, devait tenir un secteur long de près de deux cents mètres. Le jeune officier répartit les soldats du mieux qu'il put.

— Il faut tenir, les gars : les Boches ne doivent pas enfoncer nos lignes, à aucun endroit. Nous sommes tous les maillons d'une chaîne qui ne doit pas céder.

Une balle s'enfonça dans un des rondins qui protégeait la mitrailleuse. Tous enfoncèrent par réflexe la tête dans les épaules. La mort toute proche, à portée de la main, juste au-dessus d'eux, effrayante et tentante comme le vide… Par endroits, dans la tranchée, une banquette de tir avait été aménagée. Les soldats en faction se postaient dessus, fusil braqués sur l'ennemi dans l'ouverture réduite entre deux sacs de sable. L'après-midi ne s'était pas terminé que deux hommes étaient tombés, une balle dans la tête. Ils s'étaient écroulés dans la boue, tués sur le coup. C'étaient les premiers morts que voyait Béraud, qui n'avait assisté jusqu'ici qu'à des bagarres de rue qui se terminaient au pire par un nez cassé ou par un type assommé, couché dans le caniveau. Il vomit. Célestin lui passa un coup de gnôle avant d'aider Flachon à transporter les cadavres derrière un repli de terrain où ils les enterrèrent.

— Les pauvres gars ! C'est à se demander pourquoi ils sont morts ! s'indigna Flachon en jetant des pelletées de terre sur les corps. Ils n'ont même pas vu qui leur a tiré dessus.

— Et puis alors ?

Flachon resta silencieux un moment, comme s'il digérait tout ce qu'il venait de découvrir depuis deux jours.

— Dis-moi, Célestin, elle va peut-être pas être si courte, c'te guerre ?

— Il n'y a que ceux qui s'en sortiront qui pourront le savoir.

Flachon hocha la tête, frappé par la justesse de la remarque. Lorsqu'ils retournèrent à la tranchée par un étroit boyau, ils tombèrent sur le fourrier chargé de bidons et de sacs de pain. Il y avait aussi une grosse marmite de haricots au milieu desquels nageaient quelques bouts de viande grasse. Les hommes s'installèrent comme ils purent sur la banquette de tir qui leur faisait comme un banc de fortune et sur laquelle, la nuit, ils s'allongeraient pour échapper un peu à la boue, et se partagèrent le pauvre repas.

— Ce qui m'ennuie le plus, dit Fontaine, c'est que tout est froid.

— Tu t'y feras, dit Garin, en sauçant sa gamelle pour attraper les dernières miettes de nourriture.

Ils n'avaient pas fini leur café que le bombardement commença. Ils s'abritèrent, collés aux parois. Célestin avait pu se réfugier dans un de ces renfoncements de protection creusés par ceux qui les avaient précédés. Le bruit des obus était terrifiant. Garin leur gueulait de temps en temps le calibre de ce qui leur tombait dessus et qu'il reconnaissait au sifflement, au vrombissement, à la vibration mortelle. Des mottes de terre soulevée par les explosions retombaient sur les hommes, des shrapnels coupaient l'air, certains en bout de course venaient dégringoler contre les étais de la tranchée. Célestin vit le fourrier qui rassemblait ses bidons. Il allait faire un pas pour l'aider quand un éclair l'aveugla. Il se sentit projeté en arrière, le souffle coupé. Un instant, il se crut touché. Il se passa la main sur le visage, il la retira rouge de sang. Béraud se mit à hurler. Célestin regarda : une torpille avait coupé en deux le fourrier, laissant d'un côté ses deux jambes, de l'autre le tronc d'où s'échappait comme un geyser de sang.

— Salauds ! hurla Béraud. Salauds de Boches !

Il semblait prêt à se jeter hors de la tranchée. Célestin le ceintura et le colla contre la paroi. Les deux hommes attendirent, serrés l'un contre l'autre, que le bombardement prît fin. Quand Célestin relâcha Béraud, le jeune homme sanglotait.

CHAPITRE 4

L'ASSAUT

La nuit vint et avec elle une petite pluie fine et vicieuse qui tombait de travers, entrait dans les cols et les trempait jusqu'aux os. Garin et Flachon avaient récupéré une capote ensanglantée sur le cadavre d'un soldat allemand et l'avaient tendue sur quatre rondins au-dessus de la tranchée, afin de s'abriter un peu. Mais au fur et à mesure des heures, l'épais vêtement prit l'humidité en laissant tomber des gouttes d'eau rougie de sang. Des fusées éclairantes parties de divers points du front faisaient apparaître des fantasmagories lumineuses, parfois colorées, dans lesquelles se détachaient les fils de fer barbelé et les créneaux des tranchées ennemies. Mérange avait organisé les tours de garde. Célestin se retrouva en faction avec Fontaine.

— Qu'est-ce qu'on fout là, nom de dieu ? Qu'est-ce qu'on fout là ? Quand je pense que c'est mon père qui va devoir finir les moissons, lui qui peut à peine se tenir debout !

Célestin était toujours embarrassé lorsqu'il entendait ce genre de propos — qu'avait-il laissé derrière lui ? Une chambre de bonne, un bureau de flic, une sœur qui n'avait plus besoin de lui et quelques enquêtes que la guerre avait rendues caduques. Pour lui comme sans doute pour les autres, entre la guerre et le maintien de l'ordre, il existait une sorte de continuité, de logique, un esprit de sacrifice. Ce n'était pourtant pas cela qui l'avait fait partir, mais plutôt un sens des priorités. Il trouvait absurde d'arrêter des voleurs ou des meurtriers dans un pays menacé d'invasion. Pourtant, comme les paysans qui l'entouraient et qu'il avait vus prendre à pleine main la terre des tranchées pour la faire couler entre leurs doigts, il retrouvait souvent ses réflexes de policier, observant, enregistrant les habitudes de chacun, analysant les comportements, les réflexes, les caractères. La pluie cessa. Il se retint d'allumer une cigarette. Au matin, ils furent remplacés par deux sections du 308e, et se replièrent en deuxième ligne. Là, toutes proportions gardées, c'était le confort. Le sol était casse-gueule, mais au moins les rondins protégeaient-ils de la boue. Et les cagnas, bien étayées, constituaient des abris efficaces contre les bombardements. À condition, évidemment, de ne pas s'y faire enterrer tout vif. Le ravitaillement arrivait encore tiède, ce qui avait le don de rendre à Flachon toute sa bonne humeur.

— Je parie que tu manges mieux ici que chez toi, lui lança Fontaine.

Les cinq hommes s'étaient assis en rond devant l'entrée d'une cagna sur le linteau de laquelle un poilu facétieux avait fixé la pancarte : « APPARTEMENT TOUT CONFORT, EAU ET GAZ À TOUS LES ÉTAGES. » En quelques jours, ils s'étaient endurcis, adaptés au rythme des tranchées où le sommeil s'arrachait par bribes, entre les salves d'obus et les attaques ennemies qu'il fallait repousser, où la mort rôdait en permanence à quelques centimètres au-dessus de leurs têtes, ils s'étaient habitués à la boue, à la pluie, aux poux, à la saleté et surtout à ne pas penser plus loin que la minute suivante.

— Pour manger, je dis pas, mais pour la picole, j'ai quand même chez moi autre chose que la piquette qu'ils nous apportent.

— C'est-y vrai que tu fabriques des tonneaux ?

— Un peu, mon neveu, et des fûts et des foudres, pour le cidre ou pour le vin. Ils m'en commandent jusqu'en Champagne.

— C'est pas en Champagne que tu vas faire des affaires, à cette heure, remarqua Peuch.

— Quand la guerre sera finie, je t'en achèterai quelques-uns, de tes tonneaux, conclut Fontaine.

Célestin avait remarqué que de parler de la fin de la guerre, c'était une manière à eux de conjurer le mauvais sort : s'ils pensaient déjà aux affaires qui allaient reprendre, sûr qu'ils s'en sortiraient. Il termina son morceau de pain, alluma une cigarette et fit quelques pas dans la tranchée. Le front était à peu près calme, mis à part l'écho lointain d'un duel d'artillerie. Il tomba sur le lieutenant qui examinait le champ de bataille à l'aide d'une paire de jumelles. Mérange se retourna à l'approche de Célestin et lui sourit.

— Ça va, ce coup-ci, je n'ai perdu personne.

— Pourvu que ça dure.

Tous deux savaient que cela ne durerait pas et qu'il n'y avait aucune raison pour que leur section fût épargnée. Célestin jeta à son tour un regard vers la première ligne.

— Vous y comprenez quelque chose, vous, mon lieutenant ?

— À quoi ?

— À cette guerre, à la stratégie des généraux, à ce qu'ils vont nous demander.

— Pour l'instant, on limite les dégâts, on stabilise le front. Je pense qu'on va tenter des percées.

— Pourquoi faire ?

— Pour enfoncer leurs lignes.

— Jusqu'en Allemagne ?

— J'ai du mal à savoir quand vous êtes sérieux, Louise.

Le jeune officier sourit.

— Ça vous dirait, un petit verre de fine ?

Ils descendirent dans la cagna. Mérange se l'était appropriée en étalant ses affaires, un livre ouvert sur la banquette qui servait de lit, quelques feuilles et de l'encre sur une petite table, une photographie posée sur une caisse de munitions qui faisait office de table de chevet.

— Ma femme Claire, dit Mérange qui avait suivi le regard de Célestin.

— Excusez-moi, je suis trop curieux, il faut toujours que je regarde partout.

— Déformation professionnelle, plaisanta le lieutenant en leur servant deux verres d'alcool. À la vôtre, à la victoire !

Ils burent, le liquide fort brûlait un peu, mais il était délicieusement parfumé. Et surtout, il avait le goût de la paix, des fins de repas en famille ou des dîners entre collègues, quand la vie passe à petites lampées et que la mort, c'est d'abord celle des vieux. Célestin posa de nouveau les yeux sur le portrait photographique de madame de Mérange. C'était une femme très belle dont le visage aux deux grands yeux clairs dégageait un mélange de douceur et de fermeté. Elle semblait plus posée qu'assise sur le bras d'un lourd fauteuil et donnait l'impression qu'elle allait d'une seconde à l'autre se lever et courir vers quelque tâche urgente. Elle avait la grâce inquiète d'un oiseau mais aussi beaucoup de sensualité, l'élégance d'un félin.

— Elle doit vous manquer, murmura Célestin.

Le lieutenant hocha la tête et resta silencieux, perdu dans des pensées qui devaient l'entraîner bien loin de la guerre et de ses horreurs. Soudain, posant son verre, il se retourna vers Célestin et se mit à lui poser quelques questions anodines sur le moral de la section et sur les relations entre ses hommes. Il semblait un peu inquiet de la présence d'un pickpocket dans la troupe qu'il avait sous ses ordres.

— Béraud n'en mène pas large, mon lieutenant. Il est malin, mais ce n'est pas vraiment un guerrier. Et de toutes façons, je l'ai à l'œil.

— Oui... Faites d'abord attention à vous, Louise.

Célestin allait répliquer lorsqu'un bruit de course précipitée se fit entendre. Une estafette hors d'haleine écarta le rideau de la cagna. Au même moment, des explosions toutes proches secouèrent le sol.

— Votre section repart en première ligne, mon lieutenant. Voici l'ordre.

— Qu'est-ce qui se passe ?

— Les Boches lancent une offensive sur tout le secteur, ça tire de partout et ils commencent à marmiter.

Le lieutenant attrapa son casque et se précipita dehors, suivi par Célestin et l'estafette. Les soldats de la section, alertés par la reprise des bombardements, étaient déjà prêts à partir.

— Toute la section avec moi, la 22e doit contenir une attaque ennemie !

Tandis qu'ils se glissaient dans les boyaux qui les ramenaient en première ligne, Flachon ne put s'empêcher de râler.

— On n'a pas eu notre content de repos, nous autres, faudra nous payer des heures supplémentaires !

— Ta gueule, Flachon, quand les obus te tomberont sur le poil, tu seras content d'être toujours là pour les compter, tes heures ! lui lança Fontaine.

Ces deux-là s'étaient trouvés. Encore quelques semaines ensemble et leur petit numéro de frères ennemis serait tout à fait au point. Les hommes avançaient courbés, chacun d'entre eux dans les pas de celui qui le précédait et tous essayant de croire à leur chance de s'en sortir vivants. Comme ils approchaient, un obus explosa si près qu'ils furent violemment projetés contre les paroi du boyau. Garin et Béraud s'étalèrent. Le petit voleur, terrorisé, essuyait frénétiquement la terre sur son visage, sa veste, son pantalon. Célestin l'aida à se relever. Les rafales de mitrailleuses, toutes proches, faisaient vibrer l'air.

— Je veux pas y aller ! implora Béraud.

— Ta gueule !

— Allez, on ne s'arrête pas, tout le monde au pas de course, gardez le contact ! ordonna Mérange.

Ils débouchèrent enfin en première ligne. Là, c'était l'enfer. Les obus, les grenades, les « marmites », les « saucisses », ça tombait de partout. Les hommes, désorientés, rendus à demi fous par le bruit des explosions, avaient à peine le temps de reprendre leur souffle avant d'être à nouveau projetés contre la banquette de tir, recouverts de terre, asphyxiés par la fumée, quand ils n'étaient pas blessés ou tués sur le coup. Déjà, deux infirmiers impassibles, cigarette au coin du bec, emportaient un type hurlant dont les deux mains crispées tentaient vainement de retenir un flot de sang qui lui sortait de la cuisse. Un petit caporal faisait la distribution de grenades qu'il sortait d'une grande caisse en bois. La section de Mérange se mit en position et, comme à l'exercice, commença de balancer ses engins le plus loin possible. À chaque fois qu'il en envoyait une, Flachon rigolait :

— Joyeux Noël, les gars, et bonjour chez vous !

Dans le nid de mitrailleuse, juste derrière eux, deux soldats s'affairaient autour de la Hotchkiss qui crachait des flammes.

— On pourra bientôt plus tirer, gueula celui qui contrôlait la course du ruban de cartouches, elle chauffe trop.

— Tous aux créneaux ! Feu à volonté ! hurla Mérange.

Célestin grimpa sur la banquette de tir et pointa son fusil. Une balle toute proche lui siffla aux oreilles. L'attaque allemande avait commencé. Une vague d'hommes s'approchait, on distinguait dans la fumée de la canonnade et les explosions des grenades des silhouettes qui couraient, plongeant dans les trous d'obus, s'abritant derrière les moindres débris ou les plus petits dénivelés de terrain. Les assaillants tiraient dès qu'ils le pouvaient, sans trop de précision. La mitrailleuse en fauchait beaucoup, mais il en venait toujours de nouveaux, et certains balançaient eux aussi des grenades. L'une d'elles vint rebondir dans la tranchée, juste derrière les soldats qui tiraient. Dans un geste réflexe, Garin se précipita pour la ramasser et la renvoyer, mais l'engin explosa dans sa main. Il fut déchiqueté, des lambeaux de chair, d'uniforme, de tripes, s'envolèrent tout autour. Célestin sentit un corps spongieux qui lui entrait dans le col, il s'en débarrassa d'un geste vif et constata, écœuré, qu'il s'agissait d'un morceau de cervelle. Il se mit à tirer comme un fou, rechargeant son fusil à toute vitesse, alignant les ombres qui s'approchaient comme des cibles d'entraînement. Certaines s'écroulaient, d'autres disparaissaient dans un abri de fortune.

— T'en as dégommés, Louise ? cria Flachon.

— J'en sais rien.

En vérité, il préférait ne pas le savoir. Près de Célestin, Béraud dégueulait tout ce qu'il pouvait. Mérange l'attrapa par le col et le remit à son poste de tir.

— Défendez-vous, nom de dieu ! Vous dégueulerez après !

Célestin avait remarqué que les Allemands avaient mis leur baïonnette au canon. S'il supportait les bombardements et les explosions, la perspective d'un corps à corps l'angoissait. Des gouttes de sueur lui coulaient sur le front. Puis, tout à coup, les tirs de 75 de l'artillerie française se firent plus précis, le temps de quelques salves. La terre sembla comme hachée, retournée par un géant décidé à n'en pas laisser une miette intacte. Un mur de caillasses et de fumée s'éleva entre les deux tranchées, comme une vague immense, menaçante, qui allait tout emporter.

— Continuez à tirer ! cria Mérange.

Il y eut ensuite un moment d'indécision, un de ces instants où bascule le sort d'une bataille. Assommés par le tir d'artillerie, décimés par le feu nourri des Français, les Allemands commencèrent à se replier. La nouvelle se propagea tout le long de la tranchée : la 22e compagnie avait tenu bon, elle avait repoussé l'attaque.

— Cessez le feu ! commanda Mérange.

Il ne pleuvait plus depuis le matin, mais le ciel menaçant laissait filer des nuées sombres qui tantôt se superposaient, tantôt semblaient se poursuivre jusqu'à l'horizon. La section avait été mise au repos après ses trois jours au feu, avec félicitations du colonel Tessier, un officier sec et glabre qui aboyait plus qu'il ne parlait. Les godillots délacés, la capote ouverte, le cou protégé par des écharpes de fortune faites de morceaux de couvertures, les soldats se réchauffaient autour d'un feu de bois. Ils avaient trouvé refuge dans une ferme abandonnée juste à la sortie de Chavonne. Les officiers avaient pris leurs quartiers à l'intérieur, laissant le préau et l'étable à leurs hommes. Une chambre avait été aménagée en infirmerie, les blessés les moins graves y transitaient une nuit ou deux. On y mettait aussi à mourir ceux qui étaient intransportables, et l'air froid de ces journées grises était régulièrement traversé par un hurlement de douleur ou d'agonie. Les soldats s'y étaient faits, comme ils s'étaient faits à l'âpreté des combats, au vacarme assourdissant des explosions, au sifflement des balles, au rythme épuisant qui commandait à leur va-et-vient des lignes à l'arrière et de l'arrière aux lignes. Flachon avait déterré quelques pommes de terres qu'il enfouissait sous la cendre et qu'ils dévoraient à moitié crues, mais si chaudes…

— À la guerre comme à la guerre, c'est le cas de le dire ! rigola le tonnelier, la bouche pleine.

Fontaine avait déniché un tonnelet d'eau de vie dont ils avaient rempli leurs bouteillons. Éméchés la plupart du temps, ils passaient ces journées de repos dans une sorte d'hébétude, seulement préoccupés des détails de la vie courante, sans jamais parler du front. Parfois, pourtant, ils discutaient les rumeurs apportées par le fourrier ou par une estafette : on allait bientôt décamper, partir plus au nord, lancer un grand mouvement tournant pour prendre les Boches à revers, ou bien faire la jonction avec un bataillon d'Hindous dont la réputation de férocité inouïe les impressionnait. Célestin, lui, buvait peu. Il passait beaucoup de temps à marcher dans les chemins creux autour de la ferme, cigarette à la bouche, cherchant à comprendre comment s'organisait cette armée mal préparée, mal équipée, mal commandée, comment on en était arrivé là et comment on allait s'en sortir. Il croisait parfois Mérange qui lui manifestait toujours cette amitié distante, une simplicité fabriquée qui faisait obstacle à toute confidence. Célestin aurait aimé, pourtant, mieux connaître ce jeune homme qui les commandait et qui venait d'un milieu qu'il n'avait pas l'habitude de côtoyer. Il était rare que les crimes de la rue le menassent chez les aristos, c'était la misère qui, d'ordinaire, engendrait la violence, et si les riches avaient affaire au policier, c'était essentiellement pour se plaindre. Le détachement élégant et le courage au combat du lieutenant de Mérange impressionnaient Célestin, sans qu'il pût mettre l'un ou l'autre sur le compte de son éducation ou de sa personnalité. Le portrait de madame de Mérange l'avait également frappé, et plus encore le couple que formaient ces deux-là. Paul parlait de sa femme avec affection, mais à bien l'écouter, Célestin avait fini par discerner dans ses paroles des traces d'indifférence ou comme une sorte de lassitude. Depuis leur conversation dans la cagna, Mérange ne lui avait plus parlé en particulier. Il ne se plaisait au demeurant pas plus dans la compagnie des autres officiers, il passait beaucoup de temps seul et écrivait chaque jour au moins deux lettres qu'une ordonnance emportait. Pour les hommes, le service du courrier était encore aléatoire, voire inexistant. Les colis arrivaient bien de l'arrière, mais les lettres des soldats s'accumulaient sans que l'état-major se fût mis en peine d'assurer leur transport. On parlait de sécurité et d'espionnage pour justifier cette brimade qui servait surtout à préserver l'image d'une armée dont les communiqués rassurants intoxiquaient les journaux.

Un matin, alors que Célestin, Peuch et Flachon se partageaient un fond de jus réchauffé et copieusement arrosé d'alcool, le jeune policier aperçut une petit groupe de territoriaux qui approchait, pelle et bêche à l'épaule. C'était eux qui maintenaient les routes et les tranchées en état, eux aussi qui enterraient les cadavres. Leurs tâches les amenaient souvent à travailler dans des endroits exposés, où ils tombaient sous la mitraille ou les obus.

Célestin posa son quart et traversa la cour de la ferme d'un pas rapide.

— Qu'est-ce qui t'arrive, Louise ?

— J'ai retrouvé un copain.

Du premier coup d'œil, le jeune policier avait reconnu la silhouette dégingandée du cambrioleur de l'hôtel de La Melba, Octave Chapoutel, qu'il avait laissé filer vers la guerre au lieu de l'emmener en prison.

— La Guimauve !

Le grand type se retourna et leva vers Célestin des yeux plus fatigués que surpris. Il fit juste un geste de la tête pour montrer à Célestin qu'il l'avait reconnu.

— Comme on se retrouve, hein ?

Octave acquiesça et, laissant ses compagnons poursuivre leur marche, s'approcha de Célestin.

— C'est une sale blague que vous m'avez fait là, mon inspecteur. Me voilà au milieu d'un carnage quand je pourrais être bien peinard en prison.

— Je t'avais prévenu : c'est toi qui as insisté.

La Guimauve eut un sourire en coin.

— Je le pensais pas vraiment, j'avais qu'une idée, c'était de me tirer. Si des voisins m'avaient pas dénoncé comme embusqué, je serais pas ici. Je m'en fous de la France. La seule chose qui m'intéresse, maintenant, c'est de sauver ma peau.

— C'est ça qui fait les meilleurs soldats, La Guimauve. Tu verras qu'à la fin de la guerre, tu te sentiras un autre homme.

Octave haussa les épaules, découragé de poursuivre une conversation qui lui paraissait absurde.

— Tu vas où, comme ça ?

— On empile les cadavres de ces derniers jours dans un champ, par là-bas. Et quand on en aura assez, on leur fera une grande fosse.

Ce fut au tour de Célestin de se trouver sans rien à dire. Qui méritait de se voir confier une pareille corvée ?

— Bon courage, alors.

— Merci, mon inspecteur.

Il y avait, dans la façon dont Octave s'adressait au policier, une ironie désabusée exempte d'agressivité et qui, pour cela même, perturbait Célestin. Il suivit des yeux Octave qui, sa pelle sur l'épaule, rejoignait sa petite troupe. Le lieutenant de Mérange vint près de lui.

— Encore un des vos anciens « administrés » ?

— Oui, c'est curieux. J'avais envie de lui parler comme à une vieille connaissance, mais au fond, nous n'avons rien à nous dire.

Un bruit de moteur lointain leur fit lever les yeux. Un avion de reconnaissance allemand survolait les lignes. Les deux hommes savaient que c'était mauvais signe. Leur repos fut d'ailleurs écourté. Il semblait que la position que leur compagnie avait pour mission de défendre eût une valeur opérationnelle car, de chaque côté, attaques et contre-attaques se succédaient, ordonnées par un commandement dont les hommes se demandaient souvent s'il avait une quelconque stratégie dépassant le morceau de front qui s'étalait devant eux.

— Pourquoi qu'on reste pas bien sagement

dans notre trou ? pérorait souvent Flachon. Ceux d'en face en feraient autant, jusqu'à ce que les gouvernements trouvent à s'arranger.

— Ils nous ont quand même piqué l'Alsace et la Lorraine, ces salauds, protestait Fontaine.

— Pour ça, rien de plus facile : tu demandes aux gens de là-bas dans quel pays qu'ils veulent être, et voilà, le tour est joué !

— Tu ferais un sacré diplomate, le tonnelier, avait remarqué Peuch en rigolant.

Il n'empêchait que, malgré toutes les bonnes paroles de Flachon, ils étaient de nouveau en première ligne, la tête rentrée dans les épaules, le regard au-dessus d'eux pour voir à temps la mort qui tombait du ciel. Bien renseignés par les aviateurs, les canons allemands tiraient avec une redoutable précision. Un duel d'artillerie s'engagea au-dessus des soldats.

— Pour une fois que c'est les artilleurs qui dégustent ! remarqua Flachon.

— Et qu'est-ce que tu feras quand ils seront plus là, saucisse à pattes ?

— Je foutrai le camp d'ici, bonhomme !

Mais comme les tirs français s'intensifiaient, ce fut une autre inquiétude qui gagna le cœur des hommes. Cela sonnait comme la préparation d'une attaque. Jamais depuis leur arrivée la section de Célestin n'était sortie de sa tranchée pour se lancer dans le no man's land où pourrissaient encore quelques cadavres, dans l'espoir illusoire de gagner un bout de tranchée qui serait presque aussitôt reprise. Une estafette apparut au bout du boyau et courut jusqu'au lieutenant qui décacheta rapidement le pli qui venait du commandement. Il lut rapidement les quelques lignes et consulta sa montre. Tout autour, la canonnade augmentait, atteignant un paroxysme invraisemblable qui laissait les hommes bouche bée, comme si l'enfer s'était déchaîné sur eux et que rien ne pouvait plus les sauver. Et puis d'un coup, ce fut le silence, ils étaient brusquement dans l'œil d'un cyclone, au cœur étrangement calme d'un maelström qui allait tout emporter.

— Baïonnette au canon ! hurla Mérange.

Louise et Béraud échangèrent un regard. Le policier dut aider Germain à fixer sa « Rosalie » au bout de son fusil, tellement il tremblait. Déjà, le tir des mitrailleuses allemandes avait repris.

— Pourquoi qu'elles sont encore là, ces maudites ? pesta Peuch. On va pas se jeter là-dedans, quand même !

— Et qu'est-ce que tu crois, bec de puce ? Mais on t'a pas appris à passer entre les balles ?

Le lieutenant s'était mis au créneau et observait le terrain bouleversé, semé d'embûches, de débris et de barbelés qui les séparait des Allemands. Les impacts des balles de mitrailleuse soulevaient par endroits des petites gerbes de terre qui traçaient leurs chemins de mort au milieu des trous d'obus.

— Nous allons attaquer. Que la moitié des hommes se mette en place sur la banquette de tir, ce sera la première vague. Dès qu'ils seront sortis, la deuxième vague suivra. Première vague, en position !

Les hommes ne protestèrent pas et ceux qui voulaient en finir au plus vite se préparèrent. Des fusées rouges partirent de divers points du camp français. Mérange leva le bras :

— Première vague, à l'attaque !

Prenant appui sur de petites échelles de bois appliquées à la paroi, les fantassins se ruèrent hors de la tranchée et se mirent à courir droit devant eux. Certains n'avaient pas fait deux pas qu'ils étaient déjà fauchés par le tir des mitrailleuses. D'autres, empêtrés dans des barbelés, tombaient lourdement à terre. Les plus habiles, les plus rapides, constatant qu'ils avaient pris de l'avance, se jetaient dans l'abri précaire d'un trou d'obus, tirant au jugé vers la tranchée allemande. Germain s'était collé au fond de la tranchée, comme s'il avait voulu s'enraciner dans la terre. Il regardait, terrifié, les créneaux du parapet, incapable de faire un geste.

— Deuxième vague, préparez-vous ! hurla le lieutenant, qui s'apprêta lui-même à monter à l'assaut.

Célestin attrapa Béraud et le plaqua violemment contre les premiers barreaux d'une échelle.

— Tu viens avec moi !

Il lui mit de force le fusil dans les mains et, dès que le lieutenant en donna l'ordre, le hissa quasiment, le poussant devant lui jusqu'à ce qu'ils émergent tous les deux dans l'enfer du combat. Comme les balles sifflaient à ses oreilles, Béraud, d'un coup, se mit à courir comme un fou vers la tranchée ennemie. Célestin le suivit tant bien que mal, mais une explosion toute proche le fit basculer dans un trou. Un autre soldat l'occupait déjà, recroquevillé sur son fusil. Célestin lui tapa sur l'épaule, pour signaler sa présence, et pour reprendre ensemble un peu de courage. L'autre ne réagit pas. Louise le secoua plus fort, l'autre lâcha son fusil et roula sans résister : son visage n'était plus qu'une énorme plaie sanguinolente, une cavité rougeâtre où se mêlaient la chair, les os et la cervelle. Célestin ferma les yeux une seconde, pour conjurer l'horreur. Dehors, ça gueulait, ça tirait de partout, ça se bousculait vers la mort. Il entendit encore une fois la voix de Mérange :

— Allez, on y est presque, préparez les grenades !

Célestin s'extirpa de son pauvre abri et se remit à courir, courbé en deux, essayant de se faire le plus petit possible au-dessus du sol. Autour de lui, les hommes tombaient, certains s'abattaient silencieusement, d'un coup, comme s'ils refusaient d'aller plus avant, et ne bougeaient plus ; d'autres, au contraire, se mettaient à hurler, crispés sur leurs blessures, fous de terreur ; d'autres, enfin, passaient une main incrédule sur l'impact de la balle ou de l'éclat d'obus, s'étonnaient un instant de la voir rougie de sang avant de s'écrouler, raides morts. Une fois encore, Célestin se laissa tomber derrière un repli de terrain à peine assez haut pour le protéger. Il aurait voulu s'enfoncer dans la terre, devenir invisible, inatteignable. Une forme vint s'abattre près de lui, il reconnut immédiatement le lieutenant.

— Je n'ai pas de grenade, mon lieutenant.

Le jeune lieutenant ne lui répondit pas : il était mort. Pourtant, Louise ne voyait aucune blessure, aucune trace de sang sauf un mince filet rouge qui lui dégouttait de la bouche. Il rampa tout près du cadavre et c'est en le tirant vers lui qu'il découvrit, stupéfait, la grande tache rouge dans son dos. D'instinct, il regarda en arrière, vers la tranchée française, mais dans les lambeaux de fumée, il ne vit rien que les fils de fer barbelé et les montants crénelés du parapet de tir. Il se mit à crier :

— Hé ! Le lieutenant est touché !

Comme personne ne lui répondait, il se releva, essayant d'apercevoir un autre soldat de la compagnie, quelqu'un à qui souffler qu'on venait de tuer un officier en lui tirant dans le dos. Il avait l'impression d'être dans un cauchemar et de crier sans émettre un son. Il crut reconnaître Flachon quelques mètres devant lui. Il s'élançait pour le rattraper quand le monde bascula dans le chaos et Célestin Louise tomba dans un trou sans fond.

CHAPITRE 5
UN MIRACULÉ

Il y eut d'abord des lumières de toutes les couleurs qui jouaient entre elles et qui finirent par former l'image surprenante d'un agneau et d'un berger. Le berger portait autour de la tête un casque d'or, que Célestin réussit à identifier comme une auréole. C'était un vitrail. Célestin était allongé dans une église. Un mal de tête épouvantable l'avait sorti de l'inconscience. Autour de lui, un concert de gémissements, de cris, de lamentations, résonnait sous les pleins-cintres de la nef. Une des ailes du transept avait été démolie par une bombe, et dans ce qui restait debout, on avait installé un hôpital de campagne où quelques infirmières bénévoles, aidées par une demi-douzaine de religieuses, se dévouaient nuit et jour pour soulager les blessés. Allongé près de lui, Célestin vit un soldat immobile sur le dos, le buste entièrement pris dans un bandage sanguinolent, le regard fixe, la bouche ouverte d'où s'échappait une plainte ininterrompue. Au-dessus de lui, sur un socle accolé à un pilier, un Curé d'Ars souriait benoîtement à toute cette horreur. Il régnait dans l'édifice une odeur de désinfectant assez puissante pour couvrir celle des corps en souffrance. Le chœur, depuis l'autel, servait de salle d'opération. Les soignantes se déplaçaient sans un bruit, on eût dit qu'elles glissaient sur les dalles de la nef, disparaissant régulièrement dans l'ancienne sacristie d'où elles ressortaient chargées d'antiseptiques, de compresses ou de calmants. Parfois, une voix faible tentait d'attirer leur attention, de les distraire d'un autre blessé pour quémander un improbable soulagement. Une sœur à la cornette approximative, au visage tendu de fatigue, au regard plein de compassion, s'approcha de Célestin.

— Alors, vous voilà réveillé ?

— Je suis là depuis combien de temps ?

— Deux jours.

— Qu'est-ce qui m'est arrivé ?

— On vous a retrouvé inconscient au fond d'un trou d'obus. Comme vous n'aviez pas de blessure apparente, les infirmiers vous ont ramassé, mais ils pensaient que vous étiez mort.

— Et vous, qu'est-ce que vous en pensez ?

La religieuse sourit, posa la main sur le front de Célestin, puis lui tendit un verre d'eau sucrée. Il le prit avec difficulté et le but à petites gorgées. Chaque geste, chaque déplacement, le plus petit mouvement lui faisait mal. Il avait l'impression d'avoir été roué de coups, piétiné, brisé.

— Je n'ai rien de cassé ?

— On dirait que non. D'après ce qu'on nous a dit, vous auriez été projeté en l'air par le souffle d'une explosion avant de rouler au fond de votre trou. Personne ne comprend comment vous n'avez pas été touché par un éclat d'obus, il y en avait tout autour de vous.

— Vous pensez que c'est un miracle, alors ?

— Je pense que vous avez eu de la chance.

D'un coup, Célestin se rappela l'attaque, la folie de mort qui s'était emparée du monde, les hommes qui tombaient autour de lui, les mitrailleuses qui crépitaient, les hurlements, l'angoisse. Et le jeune lieutenant avec cette grande tache de sang au dos de sa veste.

— Le lieutenant... le lieutenant de Mérange, qui était avec moi... vous savez ce qu'il est devenu ? On l'a retrouvé ?

— Ça, je n'en sais rien. Ici, on reçoit des blessés de dix kilomètres à la ronde, on vous répartit au petit bonheur, on opère en urgence, on évacue comme on peut vers l'arrière ceux qui sont transportables. Autour de vous, il y a des hommes de cinq ou six régiments différents.

Un blessé se mit à hurler, la sœur infirmière reposa le verre sur une caisse qui faisait office de table de chevet, conseilla à Célestin de se reposer et s'éloigna rapidement. Le jeune policier entreprit de vérifier attentivement s'il était bien indemne. Il se mit à bouger successivement toutes les parties de son corps, depuis les orteils jusqu'aux sourcils. Il fut soulagé de constater que tous ses muscles répondaient, que ses os bougeaient, que ses articulations fonctionnaient. Il prit quelques profondes inspirations pour éprouver les courbatures qui lui ruinaient les côtes, mais la douleur restait supportable : la sœur avait raison, il n'avait rien, il était sain et sauf, il s'en était sorti. D'un coup, il eut envie de crier sa joie, son soulagement, avant de se rappeler que tous n'avaient pas la même chance. Mais il fallait qu'il sorte de cet hôpital, il ne devait pas rester ici, parmi les mourants, les mutilés, les infirmes. Encore assommé et déjà à moitié retombé dans l'inconscience, il s'étonna pourtant de sa hâte, de son impatience à s'en aller. L'image du lieutenant mort lui revint alors encore une fois, le lieutenant assassiné.

— Il n'a pas été tué par les Boches, murmura Célestin, on lui a tiré dans le dos…

Et puis il sombra de nouveau dans un profond sommeil que son corps épuisé réclamait.

La pluie s'était remise à tomber lorsque Célestin quitta l'hôpital-église de Vailly. Ils étaient un peu en retrait du front. L'attaque avait été un succès, l'état-major se réjouissait d'avoir gagné deux cents mètres, un grand maréchal appelait ça « la tactique du grignotage ». Une tactique qui coûtait cher en vies humaines mais dans ce domaine, semblait-il, l'heure n'était pas à l'économie. Quelques décorations avaient même été décernées, dont une croix de guerre à titre posthume au lieutenant de Mérange. Célestin s'était emmitouflé dans sa capote, le képi enfoncé jusqu'aux yeux. Il faisait un froid de gueux, la pluie glaciale, portée par les rafales de vent d'est, se glissait partout. Louise resta un moment sous le porche d'entrée, appuyé à une colonne qui supportait une gargouille grimaçante. Devant lui, sur un terre-plein boueux que les roues des véhicules achevaient de rendre impraticable, des infirmiers chargeaient des blessés graves à l'arrière d'un camion aménagé tant bien que mal en transport sanitaire. On s'était contenté en fait d'installer de chaque côté d'une étroite allée centrale trois niveaux de couchettes de toile sur lesquelles on avait allongé les hommes les uns au bout des autres. Célestin vit le sang qui gouttait à travers les couches du haut pour venir s'écraser sur les occupants de l'étage inférieur. Un infirmier claqua les deux portes arrière puis grimpa dans la cabine, à côté du chauffeur qui démarra. Le lourd véhicule patina un moment, puis s'ébranla et disparut au coin de quelques maisons en partie détruites. Célestin se décida à sortir de son abri pour affronter la pluie et le vent. Après avoir récupéré un fusil, des cartouches et un paquetage, il devait rejoindre une section d'artilleurs qui stationnaient un peu en dehors du village, et partir avec eux jusqu'au hameau du Touret où la 22ᵉ compagnie avait pris ses quartiers. Ce fut la première fois que Célestin eut tout le temps de détailler de près ces fameux 75 dont le tir précis et rapide les avait déjà sortis de quelques mauvais pas. Ils étaient alignés, canons à 45 degrés, et ces bouches à feu dirigées vers le ciel gris semblaient plus prêtes à engloutir la ration du midi qu'à cracher leurs obus. Derrière, les caisses de munitions avaient été entassées par cinq ou six sur des charrettes. Les avant-trains étaient hérissés de seaux, de manches d'outils, de toiles de tente, de sacs d'armes et de cordes à chevaux. Ceux-ci, dételés, vaquaient alentour, broutant l'herbe rare et boueuse sur le bord du chemin. Les artilleurs s'étaient abrités dans une grange ouverte à tous les vents et, assis ou à demi allongés dans la paille, se régalaient d'une soupe chaude et d'un pain pas trop rassis. Le cuistot, un grand type maigre au visage douloureux, comme si la préparation du repas lui était une insupportable souffrance, fut le premier à voir Célestin qui s'avançait entre les affûts et les attelages.

— Tiens, on a de la visite !

Louise se présenta. On lui fit bon accueil, le cuistot lui tendit une gamelle fumante et une bouteille de rouge encore à moitié pleine. Entre deux bouchées, il dut raconter son histoire. Les autres étaient impressionnés de le voir repartir si vite au front.

— T'aurais pu gagner encore deux, trois jours de repos.

Comment leur aurait-il expliqué que, plus le temps passait, plus son enquête serait délicate, difficile ? Comment même aurait-il pu leur exposer ses doutes, son intuition de flic qu'un meurtre avait été commis alors que chaque jour, presque à chaque seconde, tous ces hommes risquaient leur peau ? Et puis, était-il certain que le lieutenant de Mérange avait bien été assassiné ? Ils étaient arrivés ensemble sur le front : en si peu de temps, comment le lieutenant aurait-il pu s'attirer une haine mortelle ? Il y avait des tas de façons d'attraper une balle dans le dos. Pourtant, le jeune policier faisait confiance à son intuition, même s'il connaissait peu Mérange. Le lieutenant avait toujours manifesté à Célestin une réelle bienveillance mais il avait pris ses distances à chaque fois que leur relation aurait pu prendre un tour plus amical, plus intime. Passé quelques banalités, il n'avait pas eu envie de parler de lui.

Le repas était terminé. On réattela les chars de munitions et les affûts des canons. Les chevaux de trait, obéissants et tranquilles, pour la plupart munis d'œillères, inspiraient à Célestin de la pitié et une irrépressible tristesse. Compagnons muets et dociles, ils allaient à la mort sans se plaindre. Les hommes ingrats et démunis laissaient pourrir leurs cadavres éventrés au bord des routes et ces grandes carcasses obscènes étaient les premières à dire l'horreur du champ de bataille. Un cheval pour un canon, deux chevaux côte à côte pour les caisses d'obus, le convoi s'ébranla. Les hommes, silencieux, enveloppés dans leurs grands manteaux trempés de pluie, fumaient des cigarettes de tabac gris qui sans cesse s'éteignaient. Ils s'arrêtaient un instant, le temps de les rallumer, puis reprenaient leur marche lourde. Célestin avait pu engager la conversation avec un Toulousain bavard et plein d'accent qui évoquait en souriant son baptême du feu.

— On s'était installés au beau milieu d'un champ de blé tout jaune, tout doré, tout juste moissonné, il y avait encore les gerbes. On dispose nos batteries, on fait quelques tirs de réglage pendant que le commandant monte à l'échelle d'observation. Et voilà qu'une drôle de musique se fait entendre et je vois les balles qui font des trous dans les gerbiers tout autour. Je me réfugie sous l'échelle, le commandant me demande ce que je fais là. Et, pardi, il est dur d'oreille, il n'avait rien entendu ! Je lui montre un impact de balle, tu l'aurais vu descendre de son perchoir en vitesse !

— Et vous avez tiré, ce jour-là ?

— Bien sûr, on a couvert l'attaque du 24e d'infanterie. Ils avaient cousu des mouchoirs blancs sur leurs paquetages, pour qu'on les voie bien et qu'on leur tire pas dessus. Mais les Boches les attendaient de pied ferme sur le bord d'une petite rivière, ils ont eu pas mal de pertes.

À l'évocation des morts, le visage du Toulousain s'était rembruni. Il tomba lui aussi dans le silence. Le convoi était parvenu à un embranchement. Les artilleurs devaient se déployer au flanc d'une colline dévastée qu'on devinait à peine derrière le rideau de pluie. Célestin les salua puis s'enfonça dans un petit chemin boueux au bout duquel commençaient les premiers boyaux d'accès aux tranchées. Il croisa un cycliste qui revenait du front.

— Quelles sont les nouvelles ?

— Ordres et contre-ordres : quatre fois, on s'est préparés à attaquer, quatre fois, l'état-major a annulé. La prochaine fois sera la bonne.

— Façon de parler. La troisième section, celle du lieutenant de Mérange, elle est bien par là ?

Le cycliste le regarda bizarrement.

— Ouais, elle est en réserve. Mais il est mort, ton lieutenant.

— Je sais.

— Saleté du guerre ! conclut le cycliste qui fit un petit salut et s'éloigna.

Célestin reprit sa marche. Au fur et à mesure qu'il s'enfonçait dans le boyau d'accès, il avait le sentiment étrange d'entrer dans la guerre. C'était comme si la nature se dépouillait peu à peu de tous ses atours, plus un arbre, plus une fleur, plus un seul brin d'herbe, rien que la terre nue, les pierres et la boue comme un espace presque abstrait où laisser les hommes se battre. Puis venaient les débris de l'armée en campagne, bouts de bois, de tissu, fanions brisés, morceaux de métal rouillés, gamelles et quarts tordus, percés, bouteillons écrasés, caisses éventrées et même, ici ou là, plus cocasses ou plus émouvantes, des chaussures dépareillées, sans lacet et parfois sans semelle. Seules échappaient à cette liste de détritus les douilles des balles dont le cuivre, récupéré par les soldats, leur servait à fabriquer des bagues ou des coupe-papier.

Flachon fut le premier à voir Célestin. Il abandonna le rondin avec lequel il essayait d'étayer son bout de tranchée pour venir au-devant du policier.

— Ah ben merde ! Ils t'ont renvoyé au casse-pipe, ces salopards ?

— C'est signe que je ne vais pas si mal. On est où, ici ?

— Dans l'ancienne tranchée boche. On a gagné du terrain, mon pote. Et t'as vu ce confort ? Y'a pas à dire, question construction, ils s'y connaissent un peu !

De fait, la tranchée allemande, plus large, plus profonde, comportait quelques abris en dur et même un système d'évacuation pour l'eau. Il avait juste fallu aux Français changer de côté les créneaux de tir pour se trouver bien installés et prêts à se défendre. Il restait seulement ça et là quelques traces des combats, parois éboulées, étais noircis, éclats d'obus ou de grenades fichés dans les portes des abris.

— Flachon, on peut savoir ce que vous foutez ?

Flachon leva les yeux au ciel et fit à Célestin une mimique catastrophée. Le nouvel arrivant était un homme massif, à la voix rauque, aux gestes brusques. Il portait les galons d'adjudant et, sur son visage, la marque d'une insondable bêtise.

— C'est notre pote Célestin, le v'là revenu, expliqua Flachon.

Célestin se mit au garde à vous et salua.

— Soldat Célestin Louise, 134e régiment, 22e compagnie, 3e section.

— Repos. Qu'est-ce qui vous est arrivé ?

— J'ai été soufflé par une explosion. On m'a retrouvé inanimé après l'attaque d'il y a deux jours.

— La victoire d'il y a deux jours, précisa l'adjudant en insistant bien sur le mot « victoire ». Je suis l'adjudant Charic, et c'est moi qui commande votre section, en remplacement du lieutenant de

Mérange. Il faut finir de remettre en état la tranchée. On est là pour tenir la position, et je vous jure qu'on la tiendra. Allez aider les autres.

Célestin s'arma d'une masse et rejoignit Fontaine et Flachon qui, malgré l'eau de pluie qui ruisselait et qui semblait devoir tomber toujours d'un ciel qu'on ne voyait plus, s'acharnaient à remettre d'aplomb les parois de la tranchée. Charic s'éloigna et disparut dans un abri.

— On n'a pas gagné au change, murmura Fontaine, dépité.

— D'où il sort, lui ? demanda Célestin.

— Paraît qu'il vient d'un bataillon disciplinaire. Avant la guerre, un jour qu'il avait bu, il a tué deux types dans sa chambrée pendant une bagarre.

— À mon avis, ils veulent se débarrasser de lui.

— C'est pas bon signe pour nous.

Célestin attendit un moment puis leur posa la question qui lui brûlait les lèvres.

— Et Mérange, ils l'ont enterré ?

Fontaine fit une mimique d'ignorance.

— Faudra que tu demandes aux territoriaux, c'est eux qui s'occupent de ça. Et ils ont bien du courage parce que moi, je le ferais pas. Et puis, c'est qu'il y en a eu des morts pour sa « victoire », comme il dit, l'adjudant Charic !

— Où est-ce que je peux les trouver, les territoriaux ?

— Vers la fin de l'après-midi, il y en a un groupe qui passe par ici, ils réparent une voie ferrée un peu plus loin.

La journée passa, grise et froide. Célestin fit une pause pour aller aux feuillées. Peuch vint l'y rejoindre. Les hommes n'avaient plus de honte à s'accroupir ainsi l'un près de l'autre, le pantalon baissé, sur les planches jetées en travers de la fosse à merde. Louise en profita pour interroger le paysan.

— Tu te souviens de l'attaque de l'autre jour... Tu étais dans la deuxième vague, toi aussi ?

— Oui. Je ne suis pas le genre à me défiler, mais je ne serai jamais le premier non plus à aller me faire descendre.

— Tu n'as rien vu de bizarre, quand le lieutenant s'est fait tuer ?

— Des trucs bizarres, j'ai vu que ça, des hommes qui chialaient en perdant leurs tripes, d'autres qui sautaient en l'air, la tête d'un côté, le corps de l'autre, des Boches déjà morts mais qui tiraient encore, accrochés à leur mitrailleuse... Pourquoi que tu demandes ça ?

— Et quand tu es monté à l'assaut, il ne restait personne dans la tranchée ?

— Pour ça, non, le lieutenant, justement, avait l'œil sur les tire-au-flanc. Tu le sais aussi bien que moi.

Il se soulagea, poussa un soupir d'aise puis jeta soudain à Louise un regard soupçonneux.

— C'est vrai que tu es flic. Tu fais une enquête ?

— Mérange a été tué d'une balle dans le dos, Peuch.

— Et alors ? Il est comme tous les autres, il est

mort pour la France. Qu'est-ce que tu vas te monter la tête !

Il se redressa, reboutonna son pantalon et s'éloigna en lançant à Célestin :

— Et t'endors pas, l'adjudant nous laisse même pas le temps de chier !

Les territoriaux passèrent comme prévu juste avant la nuit, trois types sombres, leurs outils sur l'épaule, maculés de fatigue et de boue. La section de Charic s'apprêtait à dîner mais le fourrier s'était étalé dans un boyau, le rata était froid, plein de graviers et il ne restait plus de café. Quant aux boules de pain, la plupart d'entre elles avaient pris la flotte. Comme d'habitude, les hommes se rabattaient sur le pinard, un gros rouge qui devait avoisiner les treize degrés et dont l'intendance n'était jamais avare. Célestin emboîta le pas des terrassiers et leur proposa une lampée de vin. Le temps qu'ils boivent, il obtint le renseignement qu'il désirait : l'emplacement exact des charniers, ces champs d'horreur où l'on empilait les cadavres avant de les enterrer pêle-mêle, enchevêtrés dans la mort qui prenait alors la figure irréelle d'un puzzle macabre. À la nuit, les bombardements recommencèrent. Aveuglés par la pluie, les artilleurs allemands tiraient au jugé, les obus s'éparpillaient tout autour, mais comme l'un d'eux venait de se ficher dans la paroi de la tranchée, heureusement sans exploser, l'adjudant ordonna à ses hommes de se planquer dans les abris. Célestin se retrouva avec Fontaine et Béraud, tout heureux de l'avoir vu revenir à la section.

— Un moment, j'ai cru que vous étiez mort, et je me suis dit que c'était quand même pas juste.

— Pas juste ? Parce que tu crois qu'à la guerre, il y a une justice ? Où t'as été chercher ça ?

Le jeune homme baissa les yeux, embarrassé, puis murmura :

— N'empêche, je suis content quand même.

— Pas tant que moi.

Une explosion toute proche qui secoua l'abri les fit taire. La charpente de rondins, ébranlée, laissa tomber de la terre sur les képis qu'ils n'avaient pas ôtés. Fontaine éternua et se passa la main sur le visage.

— Ça va durer longtemps, à votre avis ?

— Ça peut, répondit Fontaine. Avant-hier, ils nous ont assaisonnés comme ça toute la nuit, et même une bonne partie de la matinée. On dirait qu'ils nous en veulent, de leur avoir piqué leur tranchée !

Célestin réfléchit. La lampe à pétrole qui les éclairait chichement creusait des trous d'ombre sur les visages de ses compagnons immobiles et résignés et, lorsque la flamme faiblissait, on eût pu les prendre pour deux momies accroupies dans une catacombe en ruines. S'il avait bien compris les explications des territoriaux, le jeune policier pensait pouvoir atteindre la fosse commune en moins de deux heures. Il regarda sa montre : il n'était pas encore onze heures du soir. Il pouvait dormir quatre heures puis, à condition de passer entre les obus, arriver aux premières lueurs de l'aube. Il n'avait aucune idée de ce qu'il allait trouver là-bas, seulement une horreur à l'état brut que son imagination ne pouvait même pas appréhender. Mais plus il y pensait, plus la mort du lieutenant de Mérange lui paraissait suspecte. Il se remémora leurs quelques conversations, l'amour qu'il prétendait porter à sa femme et la surprenante désinvolture avec laquelle il était prêt à la tromper avec la jolie bourgeoise d'Orléans. Il y avait aussi la briqueterie : de Mérange devait être probablement une sorte de notable, un homme important dans sa petite ville. Et un homme riche. Les images commencèrent à se brouiller, Joséphine descendait le grand escalier d'un hôtel particulier, La Guimauve la guettait caché derrière une vieille armure, puis ce fut un grand champ d'herbe verte dans lequel il était impossible d'avancer, le ciel se couvrit de nuages et les premiers coups de tonnerre se firent entendre. Célestin se réveilla en sursaut. Il s'était endormi un bon bout de temps. Les explosions se faisaient plus sporadiques, comme pour rappeler seulement qu'on était sur le front de la guerre et qu'on pouvait y mourir à tout moment. Il était temps d'y aller. Célestin regarda ses deux compagnons endormis et, sans les déranger, quitta la cagna. Dehors, la pluie avait cessé. Les nuages, chassés par un vent glacial, s'effilochaient en laissant voir le mauvais sourire d'une demi-lune éblouissante. À intervalles réguliers, des fusées éclairantes dévoilaient le chaos du no man's land que cet éphémère jour artificiel rendait irréel et blafard, comme une image surexposée de cinématographe. Deux sentinelles avaient été laissées en faction aux petits postes, ce qui allait obliger Louise à faire un large détour pour ne pas se faire voir. Il prit le premier boyau de communication qu'il trouva. Lorsque le sifflement d'un obus qui arrivait se faisait trop proche, il se jetait à terre et ne bougeait plus jusqu'à ce que la pierraille et les éclats de métal aient fini de rebondir autour de lui. Il quitta ainsi péniblement la zone des combats et s'enfonça dans un chemin qui prenait la bonne direction. Au loin, l'écho des explosions, près de lui, le vent qui s'engouffrait dans les halliers décharnés et le bruit humide de ses pas dans la boue. Toute la faune de ces campagnes ravagées avait disparu, il ne restait que les rats, ces grosses bestioles répugnantes et grasses, repues de cadavres et de rations moisies. Pourtant, au fur et à mesure qu'il avançait, Célestin se rapprochait d'une plainte animale. D'abord à peine perceptible, elle envahit bientôt la nuit entière. C'était le cri d'une insupportable souffrance, elle vrillait les tympans, elle donnait envie de crier à son tour. Quand il fut assez près, Louise reconnut un cheval éventré qu'un obus perdu avait presque coupé en deux. Sans doute l'avait-on cru tué sur le coup, et le voilà qui se réveillait de son enfer pour hurler à la mort. Célestin arma son fusil et, d'une balle dans la tête, acheva l'animal. Il reprit sa route, crut à plusieurs reprises se perdre, chuta lourdement sur une pierre en saillie et, tandis qu'une vague lueur marquait l'est, se trouva enfin devant une étendue sans limite, un plateau en friche qui semblait se dérouler jusqu'à l'horizon. Là, quatre flambeaux avaient été fichés en terre, qui délimitaient un double amoncellement : d'un côté, un énorme monticule de terre, de l'autre, un empilement de cadavres. Au milieu, comme le gardien de cette improbable géhenne, une silhouette longiligne finissait de creuser la fosse. Célestin reconnut La Guimauve. Celui-ci, absorbé par sa terrible besogne, ne le voyait pas. Il s'approcha du tas de corps et, en attrapant un par les pieds, le dégagea de la pile. Il le traîna ensuite jusqu'à la fosse où il le fit basculer. C'est en relevant les yeux qu'il aperçut Louise. Il ne parut même pas étonné.

— Vous venez m'aider ?

— Tu es là depuis combien de temps ?

— J'ai oublié. Je préfère pas savoir. On m'avait dit que vous étiez mort.

— Je ne suis pas passé loin. Mon lieutenant a été tué à côté de moi, le lieutenant de Mérange. Il a été ramassé sur le champ de bataille, on l'a sans doute transporté ici.

— Ici, il n'y a plus d'officiers, plus de soldats, plus d'artilleurs, plus de fantassins : il n'y a que des morts.

— Je veux le voir. Je veux retrouver son corps.

La Guimauve écarquilla des yeux étonnés, puis esquissa un triste sourire.

— Je vous laisse fouiller. Moi, il faut que je

continue à les enterrer. Si je repère un lieutenant, je vous le dirai.

Et pendant qu'Octave reprenait son travail de fossoyeur, Célestin se plongea dans les morts. La flamme tremblante des torches leur donnait parfois une vie artificielle. Beaucoup d'entre eux, dont le visage n'avait pas été touché, semblaient dormir. Il se dégageait de cette accumulation de cadavres un mélange d'horreur et de paix. En voulant amener à lui un des corps, Célestin se retrouva avec un bras séparé du reste, un bras raide et tout sanglant. Écœuré, il le rejeta loin de lui. Il crut alors reconnaître le visage du lieutenant, tout en haut de la pile. Grimpant sur les autres, il tenta d'accrocher le corps, mais il perdit l'équilibre et sombra dans la macabre mêlée. Il se mit à paniquer, se sentant happé par les défunts, étouffé par tous ces soldats morts qui voulaient l'entraîner avec lui en enfer. Il hurla. Une poigne vigoureuse le tira du cauchemar : c'était La Guimauve, impassible.

— Faut pas avoir peur, ils ne feront plus de mal à personne.

Célestin, penaud, reprit sa respiration.

— Je crois que je l'ai trouvé, votre lieutenant.

Octave avait étendu sur le bord de la fosse un corps vêtu de l'uniforme de lieutenant du 134e d'infanterie. C'était bien Paul de Mérange. Célestin s'approcha et le retourna : on voyait encore distinctement l'impact de la balle au milieu du dos. La Guimauve l'observait aussi.

— Qu'est-ce qui lui est arrivé ? Il a tourné le dos à l'ennemi ?

— Non, justement. Il faut que je l'emmène.

— Où ça ?

— À Vailly, à l'hôpital.

— À l'hôpital ? Mais ils prennent pas les morts !

— Je n'ai pas d'autre médecin sous la main, Octave, et je n'ai jamais fait d'autopsie.

— C'est une enquête, alors ?

— Appelle ça comme tu voudras. Comment je peux le transporter ?

— Attendez-moi ici.

Célestin resta seul un instant à côté du corps sans vie du lieutenant. La mort l'avait encore rajeuni, lui donnant presque le visage d'un enfant. La Guimauve revint en tirant une carriole.

— Je vous préviens, je n'ai pas de cheval.

— Je me débrouillerai, merci.

Les deux hommes chargèrent le cadavre dans la carriole dont les roues grinçaient sinistrement et Célestin, la tirant comme il pouvait, s'éloigna dans le petit matin. Un rayon de pâle soleil, coincé entre les nuages bas et l'horizon, l'éclairait de côté. Octave le regarda partir en se roulant une cigarette qu'il alluma avant de se remettre au travail.

CHAPITRE 6

INDICES

Célestin se demanda longtemps après comment il avait pu traîner son mort jusqu'à Vailly. Le soleil, après avoir fait mine de se montrer, avait complètement disparu dans un ciel gris qui retenait la pluie. Le vent avait forci, une bise aigre qui sifflait au ras du sol et que Louise prenait de face, se courbant pour diminuer la prise qu'il offrait. Son visage était glacé, insensible, ses yeux pleuraient et les larmes qui lui déformaient la vue donnaient au paysage désolé un relief inattendu. Le jeune policier s'accrochait, suivant la bordure d'un champ pour ne pas s'enliser, puis s'enfonçant dans les ornières d'un chemin qu'il dut quitter pour contourner une mare provoquée par les pluies des jours précédents. Et toujours, lancinante derrière lui, la petite musique grinçante des deux essieux rouillés. Par bonheur, les tirs d'artillerie avaient cessé, il n'y avait plus que la plainte du vent dans lequel Célestin s'enfonçait. Comme il passait sur un plateau caillouteux où tout paraissait immobile, où le ciel lui-même, dans son infinie tristesse, semblait avoir été là, pesant et gris, de toute éternité, il eut l'impression qu'il n'y avait plus que lui sur la terre ravagée, lui et sa carriole macabre luttant contre les éléments, arrachant chaque pas dans la souffrance et s'efforçant d'écarter l'idée d'un désespoir plus grand encore. Quelques corbeaux l'accompagnaient, seul cortège funèbre à travers la campagne saccagée. Les plus curieux s'étant perchés sur les montants de la charrette, Célestin dut s'arrêter pour les chasser. L'un d'eux, déjà, s'était agrippé à la manche de l'uniforme en loques et s'apprêtait à donner les premiers coups de bec dans la main du cadavre. Le jour ne se levait toujours pas vraiment, et Célestin eût été bien incapable de dire depuis combien de temps il marchait lorsqu'il croisa un homme souriant en tenue d'aviateur, qui semblait sorti de nulle part. Le nouveau venu lui offrit une cigarette et se présenta :

— Antoine Daviel. J'ai dû atterrir en catastrophe en pleine nuit, mon avion est malheureusement en piteux état. Quelle est la ville la plus proche ?

— Je vais à Vailly, c'est le clocher, là-bas. Et derrière, il y a Soissons.

— Alors permettez que je vous accompagne.

Ils se remirent en route. Le pilote jeta sa cigarette et désigna la carriole.

— Cet homme est blessé ?

— Il est mort.

— Vous… Vous voulez l'enterrer ?

— Je veux savoir de quoi il est mort.

Surpris, Daviel jeta un coup d'œil au cadavre qui présentait dans son dos une large tache de sang.

— Il semble qu'il ait reçu une balle dans le dos.

— C'est aussi ce que je pense. Et je voudrais savoir qui l'a tirée.

— Un soldat allemand, je présume.

— Je n'en suis pas sûr.

Daviel hocha la tête, perplexe, et alluma une autre cigarette.

— Est-ce la guerre qui nous rend fous, ou faisons-nous la guerre parce que nous sommes fous ?

Un croassement moqueur lui répondit.

Célestin avait craint d'attirer l'attention en arrivant à Vailly, mais dans la cohue des transports de troupe et des véhicules de ravitaillement, au milieu du manège incessant des ambulances dont les moteurs couvraient les vociférations des sous-officiers chargés de la circulation, il passa complètement inaperçu. Daviel l'avait quitté à l'entrée de la ville, il avait trouvé une voiture d'intendance qui partait sur Soissons. Toujours tirant sa charrette, Louise parvint devant l'église. Des infirmiers y entraient avec un brancard supportant un blessé. Louise chargea sur son dos le corps déjà raidi de Paul de Mérange et les suivit. À l'intérieur, il n'y avait plus un seul espace libre. Travées, allées, absides et absidioles, pas un recoin qui ne reçût son blessé, son mourant. Sous les voûtes encore debout résonnaient les gémissements dont les échos, répercutés par les chapiteaux et les arcs, formaient un chœur lugubre qui prenait des allures de blasphème. Trébuchant parfois sur une jambe inerte, sur une béquille, sur un corps endolori auquel il arrachait sans le vouloir un cri étouffé, Célestin parvint jusqu'au maître-autel qu'un simple rideau de toile blanche protégeait des regards des blessés. Sans hésiter, il franchit le mince barrage de tissu. L'autel, dépouillé de tous ses ornements et simplement recouvert d'une toile cirée de laquelle dégouttait encore du sang, servait de table d'opération. Un médecin-major épuisé, les yeux vides, écroulé sur un tabouret, faisait une courte pause tandis que la sœur qui l'assistait nettoyait comme elle le pouvait, avant la prochaine opération. Louise balança le corps sur l'autel. La religieuse, effrayée, poussa un petit cri. Le médecin se contenta de relever la tête, évalua le corps et murmura sans élever la voix :

— Cet homme est mort, soldat. Enlevez-le d'ici.

— Je sais qu'il est mort, major. Est-ce que vous pouvez extraire la balle qui l'a tué ?

Le chirurgien eut un regard effaré. Il n'avait plus la force de se mettre en colère, mais il fit une grimace de dégoût.

— C'est pour conserver en souvenir ? Vous êtes un malade, mon vieux.

— Non, docteur, je suis un flic. Cet homme a été assassiné.

— Comme tout le monde, comme tous les autres. La guerre est une manière d'assassinat. Collectif et officiel.

— J'ai besoin que vous récupériez la balle qui l'a tué, j'en ai besoin pour mon enquête.

— Parce que vous faites une enquête ?

Il se leva et, dans un grand geste théâtral, désigna la foule des éclopés allongés dans l'église.

— Et pour eux, vous ne faites pas d'enquête ? Ils sont peut-être victimes de la folie d'un général, de l'imprudence d'un colonel, de la lâcheté d'un commandant, ça ne vous intéresse pas ?

— Cet homme commandait ma section. Je pense qu'il a été assassiné par un Français. Je veux en être sûr.

— Foutez le camp.

Célestin fixa le major, puis fit glisser la bretelle de son fusil le long de son bras. Il arma son Lebel et le braqua sur le médecin.

— Je vous demande de récupérer cette balle ou je vous tue.

La bonne sœur, dépassée par les événements, ouvrait de grands yeux stupéfaits. À sa grande surprise, le chirurgien éclata de rire.

— Vous voulez me tuer ? Vous croyez me faire peur ? Jour et nuit, j'ai les mains dans le sang, dans la chair et les tripes, je vois les cœurs battre à vif, je coupe des bras, des jambes, je recouds des visages qui n'ont plus rien d'humain, et vous pensez m'effrayer ? Non seulement je n'ai pas peur de mourir, jeune flic, mais parfois, je me dis que ça me reposerait.

Célestin se mit à trembler. La fatigue, le manque de sommeil, l'émotion, et cet homme, mi-dieu, mi-diable, que plus rien n'effrayait… Il tomba à genoux, lâchant son fusil qui rebondit sur la pierre. Malgré lui, sans qu'il pût rien faire pour les retenir, des larmes glissèrent sur ses joues. Le sourire s'effaça sur le visage du major.

— Asseyez-vous. Ma sœur, passez-moi des ciseaux et un scalpel.

Célestin, hébété, s'assit sur le petit tabouret pendant que le médecin, en quelques gestes rapides et précis, avait mis à nu le dos du lieutenant. Louise ferma les yeux. Il y eut des craquements de cartilages, des bruits humides, puis de nouveau la voix toute proche du médecin, debout devant lui. Il tenait entre ses doigts une balle.

— La balle est passée entre deux côtes et lui est allée droit au cœur. Il est mort sur le coup, il n'a pas souffert. Tenez, monsieur le policier.

Il lui donna le petit morceau de plomb que Célestin mit dans sa poche.

— Je m'appelle Louise, Célestin Louise.

— Qu'est-ce que vous voulez que ça me foute ? Débarrassez-moi du corps.

Ramenant les pans déchirés de la veste sur la blessure ouverte, large, dans le dos, Célestin chargea une nouvelle fois la dépouille du lieutenant de Mérange sur son dos. Il s'éloigna de l'autel en faisant attention aux marches qui descendaient vers la nef centrale. Au milieu des plaintes des blessés, il entendit le major :

— Allez, ma sœur, suivant !

Avant d'abandonner le cadavre du lieutenant aux fossoyeurs de l'hôpital, Célestin vérifia qu'il ne restait rien dans ses poches. Mais la fouille avait été effectuée soigneusement et il ne portait plus ni papiers, ni montre, ni bague, ni même son alliance. Dix heures sonnaient à la cloche éraillée de l'église dévastée lorsque Célestin prit une nouvelle fois le chemin de la tranchée. Il reconnut la colline que les artilleurs avaient maintenant désertée, s'égara en voulant faire le tour d'un petit étang et se retrouva sur un tronçon de voie ferrée dont les rails bombardés, coupés, avaient basculé au dévers du ballast. Il s'arrêta un moment, le temps de retrouver sa route. Le bruit sourd d'une canonnade au loin lui donna la direction du champ de bataille. Il allait reprendre sa marche lorsqu'un coup de feu éclata. Une balle siffla à son oreille et alla se ficher dans ce qui restait d'un poteau télégraphique, le long de la voie. Il se jeta à plat ventre, arma son fusil, attendit. Plus rien. Un rat qui détalait le fit sursauter. Au bout de quelques instants, il se mit à ramper, estimant au jugé l'endroit d'où était parti le coup de feu. Il arriva ainsi en surplomb d'un chemin creux qui aboutissait aux premiers boyaux d'accès. Dans la boue s'entrecroisaient les marques de pneu des vélos des estafettes, les empreintes plus profondes des sabots des chevaux et les traces de pas des fourriers qui se superposaient à celles de la dernière relève. Célestin se montra, regarda autour de lui sans apercevoir âme qui vive puis retourna à la voie ferrée. Avec son couteau, il arracha du poteau la balle qui avait failli le tuer. Elle était abîmée et en grande partie écrasée.

Louise la compara à celle récupérée dans le corps du lieutenant, niais il ne s'y connaissait pas suffisamment en munitions de guerre pour pouvoir tirer une conclusion, même si, apparemment, les deux projectiles semblaient du même calibre. Il les remit dans sa poche et se hâta jusqu'à la tranchée, se retournant fréquemment, troublé par l'idée qu'on avait voulu le tuer. Était-ce une erreur ? Était-ce un éclaireur allemand infiltré dans les lignes françaises ? Ou son enquête dérangeait-elle déjà quelqu'un ? Mais qui pouvait être au courant ? Ces questions se bousculaient dans sa tête lorsqu'il rejoignit la section. Ils n'avaient pas été relevés ct sc trouvaient toujours en première ligne. Le fourrier venait d'apporter le rata et la plupart des hommes se dépêchaient de l'avaler. Flachon l'aperçut en premier.

— Merde ! V'là Louise !

Les autres levèrent sur l'arrivant des yeux inquiets et consternés. Célestin n'eut pas le temps de dire quoi que ce fût, il se sentit soulevé du sol et projeté contre la paroi de la tranchée. Sonné, il vit se dresser devant lui la silhouette massive de Charic.

— Alors, pétochard, où est-ce que tu étais allé te planquer ?

— Je voulais retrouver le corps du lieutenant.

— C'est ça ! Et pourquoi faire ? Tu es amoureuse, Louise ?

Satisfait de son mauvais jeu de mots, Charic se mit à rigoler puis, d'un coup, redevint sérieux.

— Désertion devant l'ennemi, tu sais ce que

ça vaut ? Toi qui es flic, tu t'y connais, en punitions, non ? Alors ?

— On applique la loi martiale. Je dois passer en conseil de guerre.

— Bravo.

Il considéra Célestin avec dégoût.

— T'es pas clair, Louise, et moi, les types pas clairs, je ne supporte pas ça. J'espère qu'on va te fusiller. Je n'ai pas envie de faire la guerre avec des lopettes dans ton genre.

Au moment où il disait ces mots, le ciel leur tomba sur la tête. Une salve d'obus de 155 bien ajustée, à peine précédée d'un trop court sifflement, pulvérisa la tranchée. Certains hommes avaient eu tout juste le temps de se mettre à couvert dans les abris, les autres furent déchiquetés. À moitié enseveli, Célestin luttait pour se dégager. En face de lui, Charic n'avait pas bougé, un rictus figé sur son visage de brute. Il s'écroula d'un coup, l'arrière du crâne réduit en bouillie. Célestin, abasourdi, contemplait cet homme qui, quelques secondes auparavant, le condamnait à mort. Des cris le firent réagir. Une poignée d'hommes était coincée dans un des abris, emmurés vivants à la suite du bombardement. On n'en voyait plus que le haut de la porte, qu'à l'intérieur les infortunés prisonniers agitaient frénétiquement. Avec ses mains d'abord, puis avec un bout de planche, il se mit à dégager la terre jusqu'à ce que la porte, entrebâillée, pût ménager un espace suffisant pour faire sortir les hommes. Il y avait là Flachon, Peuch, Fontaine et le petit Béraud. Trop essoufflés pour remercier Louise, ils se laissèrent tomber assis sur le tas de terre, le temps de reprendre leur respiration. Béraud fut le premier à remarquer le corps de Charic. Il échangea un regard avec Célestin. Celui-ci, trempé de sueur malgré le froid, les mains en sang, réfléchissait. Ce fut Flachon qui parla le premier, comme d'habitude, en désignant Charic.

— T'as du bol, Louise. Il voulait te faire passer en conseil de guerre, t'étais mal barré. Nous, t'inquiète pas, on dira rien.

— Au fait, pourquoi que t'es parti ? demanda Peuch. Parti et puis revenu, ce qui est pas très malin.

— C'est la mort du lieutenant qui me tracasse.

— Encore ? Mais arrête avec ça, tu vois pas que tout le monde s'en fout ? Et puis j'ai demandé aux autres, personne a rien vu de bizarre.

Du regard, il interrogea les trois autres qui firent « non » de la tête.

— Tu t'y connais, en balles de fusil ? demanda Célestin.

— Pas vraiment, je suis maréchal ferrant, et Fontaine est paysan. Le flic, c'est toi.

Célestin préféra taire la tentative de meurtre dont il avait été l'objet. Il exhiba seulement la balle extraite du corps du lieutenant.

— Vous pensez que cette balle a pu être tirée par un fusil français ?

La balle passa de main en main, déclenchant seulement la perplexité. Flachon la rendit au jeune policier.

— P'têt' ben qu'oui, p'têt' ben qu'non. Faudrait que tu demandes à un armurier.

— Il y a une armurerie, ici ?

— Il y en a une à l'état-major, à Soissons. C'est là qu'ils remettent nos pétoires en état, et qu'ils les répartissent dans les compagnies.

— Il faut que j'aille là-bas, il faut que je voie un armurier.

— Qu'est-ce que t'irais foutre à l'état-major ?

— Passer en conseil de guerre, par exemple. C'est une bonne raison, non ?

— T'es pas un peu dingue, le parigot ? Tu t'en sors déjà de justesse, et maintenant tu veux replonger ?

— Je veux savoir qui a tué Mérange.

Il regarda ses compagnons exténués, sales, misérables et qui ne le comprenaient absolument pas. Sauf Béraud, peut-être, le petit voleur qui avait décidé une fois pour toutes d'être de son côté, quoi qu'il pût arriver.

— Il y a bien des menottes, dans le paquetage de Charic ? Béraud, tu m'accompagneras.

Ils formaient un drôle de couple en quittant les lignes, le petit voleur et le policier menotté, à l'aube du jour suivant.

— N'empêche, répétait Béraud, c'est le monde à l'envers !

— Le monde ? Quel monde ? Où tu vois un monde, ici ?

Ils marchaient sur le chemin de halage, le long d'un canal. Les arbres dépouillés, alignés au bord de l'eau grise, laissaient passer le vent froid. Une péniche s'était amarrée juste après une petite écluse. Le cheval de trait, un gros percheron placide, avait été détaché de son harnais et broutait de vagues mauvaises herbes. Une femme aux traits tirés se montra à la fenêtre de la cabine de pilotage. Elle retint à l'intérieur un enfant qui voulait sortir, il y eut quelques cris étouffés puis le glissement d'un panneau de cale. L'eau remuait à peine. Toute circulation sur le canal qui partait vers l'est avait été interrompue. La péniche, basse sur l'eau, devait remonter une cargaison de sable pour revenir avec du charbon ou de la potasse. La guerre qui tuait les hommes ruinait aussi tous ces petits artisans qu'on ne laissait plus voyager. Célestin et Germain croisèrent ensuite une patrouille de gendarmerie, on leur demanda leurs papiers, Béraud expliqua maladroitement qu'ils allaient à l'état-major et que Louise allait passer en conseil de guerre. Les gendarmes lancèrent à Célestin des regards de mépris. La tension était montée très vite entre la maréchaussée et la troupe. Les poilus en goguette, cherchant à améliorer leur ordinaire en fouillant la campagne, ou amoureux d'une bergère qu'ils allaient rejoindre en secret, se faisaient souvent arrêter et emprisonner par les gendarmes. Il y avait eu des bagarres, de la violence. On avait même retrouvé un pandore pendu aux branches d'un chêne. Depuis, ils s'étaient calmés mais, dès qu'ils pouvaient attraper un déserteur, ils ne lui faisaient pas de cadeau. Les gendarmes indiquèrent à Béraud le chemin de l'état-major qui avait pris ses quartiers juste avant Soissons, au hameau de Vénizel. En suivant le canal, ils étaient sûrs d'y arriver. Chemin faisant, Célestin peaufinait son plan.

— Tu me livres au commandement. Si je manigance bien mon affaire, ils vont me relâcher : il n'y a pas de rapport écrit, pas de témoignage.

— Ils vont vous prendre pour un fou !

— J'espère bien. Il faudra repérer tout de suite l'armurerie. J'y passerai avant de repartir. Toi, il faut que tu te débrouilles pour t'infiltrer dans les bureaux. Ils doivent centraliser tous les rapports avant d'écrire aux familles des morts. Et il y a sûrement aussi un endroit où ils rangent les effets personnels, il faut que tu retrouves le dossier du lieutenant de Mérange.

— Vous en avez de bonnes ! Et d'abord, comment que vous savez tout ça ?

— Je connais la bureaucratie. L'armée, c'est comme la police : pour un poilu qui fait son devoir et va risquer sa peau dans la tranchée, tu as deux embusqués dans les bureaux, le cul bien au chaud sur leurs fauteuils, et qui font tout pour te rendre la vie impossible. Qui dit état-major dit bureaux, et qui dit bureaux dit embusqués et parasites de tous poils. Il y en a forcément qui s'occupent de faire la liste des morts et de récupérer les rapports, comme ça ils peuvent faire des statistiques. Les statistiques, c'est la jouissance des cols blancs !

— N'empêche, c'est pas gagné d'avance !

— Heureusement, sinon ce serait pas drôle.

— Mais pourquoi que vous leur expliquez pas tout, plutôt, aux généraux de l'état-major ?

— Parce qu'ils ne comprendraient rien. Toi-même, est-ce que tu me comprends ?

— Je ne sais pas trop. Disons que je me doute.

Célestin ne put s'empêcher de sourire. En quelques semaines, Germain avait changé. Les grandes catégories qui, jusqu'ici, avaient encadré sa vision du monde, riches, pauvres, gendarmes, voleurs, savants, ignares, s'étaient profondément modifiées au contact des tranchées et des combats, emportées par la fraternité des soldats et l'omniprésence du danger et de la mort. Son regard, sans doute, était resté curieusement candide, celui d'un voleur à la petite semaine, mais il ne portait plus de jugement sur ceux qu'il rencontrait, il ne cherchait plus à justifier ses larcins d'autrefois par une rancœur permanente contre le monde entier. Sans doute, comme il le prétendait, ne reprendrait-il jamais ses activités illicites, non par goût subit de l'honnêteté, mais par scrupule d'ajouter encore au malheur.

Les deux hommes profitèrent du pont mobile d'une petite écluse pour traverser le canal. La ville de Soissons s'étendait sur leur gauche, à droite une petite route partait pour Vénizel. Ils commencèrent à croiser des agents de liaison à bicyclette, des officiers à cheval, un camion transportant des soldats gueulards à la ville et même un général à l'arrière d'une vaste limousine conduite par un chauffeur en uniforme. Tout le hameau avait été aménagé comme une immense caserne. Une grande ferme servait à loger le général et ses aides de camp. Dans la salle du bas se tenaient les réunions stratégiques. Deux autres bâtiments abritaient les différentes administrations. Une grange fermée avait été transformée en atelier d'armurerie. On trouvait plus loin les stocks d'armes et de munitions, l'intendance, un garage automobile, un centre de communication et le mess. Enfin, du côté de la ville, une étable tenait lieu de prison. Au planton qui montait la garde à l'entrée, Béraud exposa tant bien que mal son cas. L'affaire était peu commune. Le planton appela son adjudant qui prévint un lieutenant qui avertit un capitaine qui emmena les deux hommes dans un petit bureau encombré de dossiers et de paperasses. Il considéra un moment ces deux soldat crottés, boueux, exténués, qui lui arrivaient du front dans des circonstances extravagantes. Célestin, toujours menotté, soutenait son regard. L'officier soupira.

— Je ne comprends rien à votre histoire.

— C'est pourtant simple, mon capitaine, expliqua Louise : je dois passer en conseil de guerre.

— Vous dites ça comme si c'était une visite médicale. Vous vous rendez compte de la gravité d'une telle affaire ?

Il se tourna vers Béraud, qui n'en menait pas large.

— Vous avez un rapport ? Un papier de votre supérieur ?

— L'adjudant Charic est mort juste après, mon capitaine.

— Juste après quoi ?

— Juste après m'avoir condamné, intervint Célestin.

— À quel motif ?

— Au motif que j'avais déserté.

— Vous aviez déserté, mais vous étiez revenu, c'est ça ?

— Exactement, mon capitaine.

— Et vous étiez parti où ?

— Chercher le corps du lieutenant de Mérange, qui commandait la section avant l'adjudant Charic.

— Mais c'est tout à votre honneur, soldat Louise. Vous êtes allé le chercher sur le champ de bataille ?

— Non, mon capitaine : à la fosse commune.

Un air d'indicible incompréhension vint bouleverser les traits de l'officier. Il fit signe à Béraud de lui donner les clefs des menottes et de sortir, et resta seul en face de Célestin.

— Maintenant, expliquez-moi calmement : qu'est-ce que vous lui vouliez, à ce lieutenant ? Pourquoi aller chercher son corps à la fosse commune ?

— Parce que je voulais vérifier qu'il avait bien reçu une balle dans le dos, mon capitaine.

— Une balle dans le dos ? Vous voulez dire que…

— Qu'il a été assassiné, mon capitaine. Le lieutenant a été tué par quelqu'un de notre côté.

Le capitaine s'assit, remua quelques feuilles de papier, prit une règle en fer, la reposa.

— Qu'est-ce que vous faites dans le civil, soldat Louise ?

— Je suis inspecteur de police, mon capitaine.

Pour la première fois depuis le début de cet entretien surprenant, une petite lueur se mit à briller dans les yeux du capitaine. Il pointa sa règle sur Célestin.

— Nous sommes en guerre, monsieur l'inspecteur de police. Ici, vous êtes un soldat comme les autres. Chaque mort fait l'objet d'un rapport rédigé par son supérieur et vérifié par l'état-major, c'est à dire moi-même. C'est nous, et personne d'autre, qui diligentons, si nécessaire, une enquête. À ma connaissance, la mort du lieutenant de Mérange n'a donné lieu à aucun rapport particulier. Il est mort en héros au cours d'une attaque dans des circonstances précises et claires que nous communiquerons à sa famille. Vous n'êtes plus dans la police, vous appartenez à l'armée. Votre désertion, même momentanée, n'est motivée en aucune façon. Mais vous avez de la chance, et je vous crois honnête, votre présence ici m'en est un gage : l'adjudant Charic n'ayant rédigé aucun rapport, je vais vous relâcher et vous allez retourner dans votre compagnie. Mais je ne veux plus entendre parler de vous ni d'une quelconque enquête. C'est compris ?

— C'est compris, mon capitaine.

L'officier se leva, ouvrit les menottes et libéra Célestin.

— Merci, mon capitaine.

— Ne me remerciez pas, et faites votre devoir comme le lieutenant de Mérange a fait le sien.

— Je vous le promets, mon capitaine.

— Allez, rompez.

Célestin salua et quitta le bureau. Dehors, sous le ciel noir, c'était le va-et-vient des ravitailleurs, des camions d'armes, des officiers d'ordonnance et des bureaucrates de tout poil qui avaient réussi à se faire pistonner à l'état-major pour éviter l'enfer des tranchées. Après avoir demandé son chemin à un palefrenier qui menait par la bride deux magnifiques alezans au pelage impeccable, Célestin se trouva devant l'atelier d'armurerie. La porte de la grange était ouverte. Il entra. Deux grosses machines d'alésage avaient été installées au centre de l'espace. Sur la droite, un immense établi sur lequel avait été renversée une mitrailleuse Hotchkiss. Tout le mur du fond était occupé par des râteliers où des rangées de fusils attendaient d'être réparés. À gauche, des sacs de sable empilés formaient un mur dans lequel un gros costaud qui avait revêtu un tablier de cuir sur son uniforme s'apprêtait à tirer à l'aide d'un prototype surprenant : un fusil-mitrailleur. Un chargeur demi-circulaire situé dans la partie basse de l'arme apportait les balles au canon. Après une rafale de six ou sept coups, l'arme s'enraya. Le tireur se mit à jurer.

— Ça ne marchera donc jamais, cette saloperie ! Faut que ça s'enraye au bout de dix coups !

Il se tourna vers Célestin qui reconnut immédiatement l'homme au couteau qui avait voulu le trucider dans le train. L'autre aussi avait identifié le jeune policier.

— Tiens, vous êtes encore vivant, vous ?

— On est mieux ici qu'aux tranchées.

— J'ai rien demandé. On m'a mis là parce que je connais bien les armes, et qu'il paraît que j'ai mauvais caractère. Mais croyez pas que je ne suis jamais monté au front : j'ai eu ma part de Boches.

— Je vous fais confiance. J'ai un renseignement à vous demander.

L'autre le regarda avec un air méfiant.

— Dites toujours.

Célestin sortit de sa poche les deux balles qu'il avait récupérées, l'une dans le corps du lieutenant, l'autre sur la voie ferrée.

— Est-ce que vous pouvez me dire par quel type d'arme ces balles ont été tirées et, le cas échéant, si elles ont été tirées toutes deux par la même arme ?

L'armurier prit les deux balles, les fit jouer dans le creux de sa large main, les examina à la lueur d'une lampe à acétylène, puis haussa les épaules.

— Ce sont des balles de Lebel, ça, c'est sûr. Mais celle-ci est trop abîmée pour que je vous en dise plus.

— Elles ont donc été tirées par un Français ?

— Évidemment : les Boches ont des Mauser, tenez, regardez, comme celui-ci.

La brute se lança dans une comparaison détaillée des avantages et inconvénients de l'armement de chaque camp. Célestin trouva un moyen de l'interrompre et prit congé.

— Je vous laisse les balles, si jamais vous découvrez quelque chose. Je vous ai mis mon nom sur un bout de papier : soldat Célestin Louise, 134e régiment d'infanterie, 22e compagnie, 3e section.

— Et pourquoi vous voulez savoir tout ça ?

— Parce qu'on m'a tiré dessus.

— Vous non plus, vous ne devez pas avoir bon caractère !

— Sans doute. Bon courage.

Louise quitta l'armurerie. Il avait appris ce qu'il voulait : le lieutenant de Mérange avait bien été tué par un Français. Il s'agissait maintenant de retrouver Germain Béraud et dc voir s'il ramcnait lui aussi les renseignements désirés.

CHAPITRE 7

RÉFLEXIONS

Célestin fit rapidement le tour des bâtiments de l'état-major, mais il ne pouvait pas s'attarder. Il voulait éviter de se retrouver nez à nez avec le capitaine qui l'avait interrogé. Béraud n'était nulle part. Un jeune aide de camp déchargeait d'un camion des sacs postaux remplis de lettres qui allaient devoir subir l'épreuve de la censure. Il ne fallait pas démoraliser l'arrière. Mais, aux lettres qu'il avait écrites à sa sœur, il savait que les combattants eux-mêmes déformaient la réalité d'une guerre dont ils ne voulaient pas dévoiler les atrocités à leurs proches, par crainte de les inquiéter. Et puis, comme le lui avait dit Peuch, « à quoi bon tout raconter puisque la moitié des choses qui se passent ici ne sont pas croyables ! » Célestin se résolut à quitter l'enceinte de l'état-major. Il s'était engagé sans se presser sur le petit chemin qui ramenait au canal quand un sifflement l'alerta : c'était Germain qui l'avait guetté, dissimulé dans un buisson.

— Qu'est-ce que tu fiches ici ?

— C'était pas la peine que je me fasse remarquer : il y en a, du remue-ménage, par ici !

Il rejoignit Célestin et les deux soldats se hâtèrent de quitter le hameau. Comme pour donner raison à Béraud, ils croisèrent encore un convoi formé d'une voiture d'officier et de deux camions Renault. Rangés sur le bas-côté, ils saluèrent un commandant qui leur fit un signe de tête distrait. Puis, quittant la petite route, ils reprirent le chemin de halage. Un rideau d'arbres balançait son reflet tremblant dans l'eau noire, en contrebas. Louise brûlait de connaître le résultat des investigations de son compagnon. Germain lui tendit une liasse de papiers.

— C'est tout ce que j'ai trouvé, c'était dans une grande enveloppe au nom de Paul de Mérange, lieutenant.

— Tu as pris les originaux ? s'étonna Célestin.

— Qu'est-ce que j'aurais dû faire ?

— Recopier les plus importants.

— Je n'aurais pas eu le temps. Je n'écris pas assez vite, et déjà que j'ai du mal à lire… Encore une chance que tous les ronds-de-cuir étaient partis à la cantine pour le déjeuner. Ah… Il y avait aussi ça, ils ont dû la trouver sur lui.

Il tendit à Célestin une grosse montre en argent. Le jeune policier ouvrit le couvercle. À l'intérieur avait été glissée une photographie, Célestin reconnut Claire de Mérange. Sur ce cliché, elle avait un air triste, elle semblait absente, ailleurs. Célestin referma la montre et la mit dans sa poche. Tout en marchant, il feuilleta la liasse de papiers. Il y avait d'abord la notification de décès du lieutenant « au cours de violents combats suite à une attaque lancée au lieu-dit Le Bois Brûlé à la cote 512... » Paul de Mérange, tombé au champ d'honneur, entrait désormais dans les listes officielles et les statistiques de l'état-major. C'est au travers de ces quelques lignes que Claire de Mérange apprendrait la disparition de son mari. Il y avait aussi dans l'enveloppe les papiers du lieutenant, une lettre de son chef de fabrique à la briqueterie et une autre, plus courte, de sa femme. Célestin la déplia et se mit à lire :

La Teisserie, le 25 novembre 1914

Paul,

Nous avons ici bien peu de nouvelles du front, et celles qui nous parviennent sont mauvaises. Je sais que tu te bats avec courage et ce brin de folie qui te fait parfois aller au-devant du danger. Nous ne nous sommes jamais rien caché, et je te mentirais en te disant que ton absence me pèse. Même si je m'inquiète pour toi, ton départ m'a soulagée. Cette longue séparation me laisse le temps de réfléchir. J'ai enduré beaucoup de choses de ta part, je ne crois pas pouvoir en endurer davantage. Nous en reparlerons à ta prochaine permission. En attendant, ton frère Jean se montre un excellent directeur et un compagnon attentif et dévoué. Il refuse qu'on le plaigne et se comporte comme s'il avait tous ses moyens. Grâce à lui, l'usine tourne rond. Prends bien soin de toi et, quoiqu'il arrive, je reste ta dévouée...

Ensuite venait la signature, prénom et nom aux majuscules calligraphiées qui évoquaient la parfaite éducation d'une femme distinguée et cultivée. Célestin replia la lettre en pensant à tout ce qu'elle suggérait de malheur et d'insatisfaction. Elle portait aussi une part d'ombre qui accroissait encore le mystère de la mort du lieutenant. Tout à ses pensées, Louise avait presque oublié la présence à ses côtés de Germain. Celui-ci n'osait pas poser de question, malgré la curiosité qui le taraudait. Soudain, il épaula son fusil et tira. Célestin, surpris, sursauta. Sur la rive, un peu plus bas, un canard s'étala dans la boue, dans un grand nuage de plumes.

Deux nouveautés attendaient Célestin et Germain dans la tranchée. La première était l'arrivée à la tête de la section d'un tout jeune lieutenant, Bertrand Doussac, un normalien qui, comme toute sa promotion, s'était vu mobilisé. D'emblée, Célestin et lui sympathisèrent. Sans doute le canard de Germain y était-il pour quelque chose, mais le jeune officier semblait d'abord heureux de voir les deux hommes rejoindre son groupe. Il avait été mis au courant, d'une façon assez confuse, des démêlés de Célestin avec la hiérarchie.

— Et comment s'est terminée cette histoire de conseil de guerre, Louise ?

— Par un non-lieu, mon lieutenant.

— On m'a parlé d'une enquête que vous feriez, à propos de la mort du lieutenant de Mérange. Est-ce exact ?

— C'est exact, mon lieutenant.

— Et quelles sont vos conclusions ?

— Le lieutenant a été tué au cours d'un assaut d'une balle dans le dos tirée par un fusil français.

— Impressionnant. Un accident, peut-être ?

— Peut-être. Mais je n'y crois pas.

— Et qu'en pense l'état-major ?

— Officiellement, le lieutenant Paul de Mérange est tombé au champ d'honneur.

— C'est une version plausible, non ?

— C'est une version convenable, mon lieutenant. C'est différent.

Le lieutenant hocha la tête et sourit en regardant le canard.

— N'abusez pas de ce genre de fantaisies : elles ne rentrent pas tout à fait dans notre cadre d'opérations, et elles pourraient s'avérer dangereuses. Maintenant, débrouillez-vous pour faire griller cet animal, cela améliorera l'ordinaire.

La seconde nouveauté consistait justement en l'installation de braseros dans la tranchée. L'intendance en avait distribué quelques-uns dits « réglementaires » autour desquels deux ou trois hommes pouvaient se réchauffer. Mais les soldats, jaloux de leur maigre confort, s'en étaient aussitôt fabriqués dans des douilles d'obus des plus petits à usage individuel. Lorsque Célestin alla prendre sa faction au parapet, il tomba sur Flachon et Fontaine en train de percer deux casques pris aux Allemands pour s'en faire des chaufferettes.

— Alors, le Parigot, ils t'ont relâché ? T'es vraiment un drôle de zigue, toi ! T'as vu ce qu'on se fabrique ? Avec ça, fini les engelures !

— Et qu'est-ce que vous allez mettre dedans ?

— Ils vont nous distribuer du charbon de bois, à ce qu'ils disent. Sûr qu'il n'y en aura pas assez, faudra se débrouiller.

Célestin faisait confiance aux deux compères pour se débrouiller. Il arma son fusil et se posta entre les sacs de sable, se découvrant juste assez pour voir la portion de terrain dévasté qui s'étendait droit devant lui, hérissée de fils de fer barbelé et de chevaux de frise. Le ciel était plus clair, il était devenu uniformément gris et diffusait une lumière morne et implacable qui exaltait chaque détail du sinistre paysage. De temps en temps, un coup de feu venait d'en face déchirer le calme trompeur. Il y eut même une balle pour se ficher dans la terre juste devant Célestin en lui envoyant de la poussière plein le visage. Il tira en retour, sans viser, juste pour manifester qu'il était toujours là. Il réarma son fusil. Les balles allemandes ne lui faisaient pas peur, elles étaient une partie de la guerre, il se sentait armé contre elles. Mais devenir la cible d'un autre soldat français, se faire tirer dessus par un assassin qui pouvait être n'importe quel homme de la section ou de la compagnie, voilà une idée qui l'effrayait et le révoltait. Il passa en revue les différents éléments qu'il avait accumulés. Paul de Mérange avait un frère infirme ou invalide, une femme malheureuse et une usine de briques. C'était sans doute un homme volage, mais on ne pouvait lui dénier un vrai courage physique. Il avait été assassiné par un soldat français. L'assassin, probablement, avait aussi tenté de le tuer lui, Célestin. En profitant d'un assaut pour abattre le lieutenant, le meurtrier avait eu l'idée lumineuse de faire disparaître son forfait dans l'enfer de la guerre. L'obstination du jeune policier ruinait son plan : quelqu'un savait désormais qu'il y avait eu crime, un crime de sang, un crime crapuleux, et pas un acte de guerre. Ce qui ne collait pas dans cette affaire, lorsque Célestin se rappelait les quelques cas analogues sur lesquels il avait enquêté à Paris, c'était que Paul de Mérange avait toutes les raisons d'être jaloux de son frère, devenu l'homme de confiance de Claire et le dirigeant de l'entreprise. Or c'était lui qui se faisait assassiner, alors même qu'il risquait à chaque instant de mourir à son poste. Il fallait donc que quelqu'un désirât à toute force sa mort, et voulût s'en assurer. Peut-être ce crime n'avait-il rien à voir avec la femme et le frère du lieutenant : un homme volage et séducteur peut s'attirer de violents ressentiments. Célestin se souvint brusquement d'Anaïs, la jeune Orléanaise dont le mari avait été mobilisé. Il fit un effort de mémoire, il se concentra sur cette soirée à Orléans mais le nom de la jeune femme ne lui revenait pas. Une voix le fit sortir de ses pensées. C'était Germain, posté non loin de lui, qui désignait quelque chose tout devant :

— Regardez, monsieur, un oiseau !

Célestin agrandit légèrement l'ouverture pour élargir son champ de vision. De fait, un petit rouge-gorge s'était posé sur une souche de chêne arrachée par un obus, à quelques mètres des créneaux. Il s'inclina de droite et de gauche, comme pour faire admirer son plumage, et se mit à gazouiller avec entrain. Déjà, intrigués par le comportement de Béraud, d'autres soldats de la section s'étaient précipités au parapet. Ils furent bientôt une douzaine à contempler l'oiseau, l'œil aux ouvertures. Depuis leur arrivée aux tranchées, c'était la première fois qu'ils voyaient un animal de ces forêts que les combats avaient volatilisées. Peuch lui balança quelques miettes de pain que l'oiseau dédaigna. Il se mit à voleter ici et là, se reposa sur un bout de ferraille, déploya ses ailes, s'envola et disparut. Les hommes le suivirent des yeux puis retournèrent à leurs occupations en échangeant de vagues sourires et comme gênés d'avoir pris sans retenue un plaisir si misérable. Au bout de deux heures, Célestin fut relevé de son poste. Le cuisinier arrivait, avec sa bandoulière de miches de pain, sa ceinture de bidons et sa grosse gamelle. C'était un type rondouillard et très peureux qui se vautrait dans la boue au moindre début d'explosion : la plupart du temps, les repas, ou ce qu'il en restait, arrivaient froids et pleins de graviers et de terre. Pour se faire pardonner, il apportait souvent en plus une bouteille d'eau de vie qu'il resquillait dans les réserves, cet alcool qu'on ne distribuait ordinairement à la troupe que juste avant les attaques. Enfin, pour se rendre intéressant, il colportait les dernières rumeurs du front, nouvelles stratégies audacieuses de l'état-major, mise en service d'armes révolutionnaires et particulièrement meurtrières, exactions et cruautés des Boches à l'encontre des prisonniers ou des civils des régions occupées... Comme, parfois, certains de ses ragots se révélaient exacts et que l'attaque prévue avait bien lieu au moment qu'il avait prédit, les hommes continuaient à l'écouter, tout en s'en méfiant. Il servit le rata du jour et se mit à renifler : une odeur de viande grillée s'était répandue dans ce bout de tranchée.

— Qu'est-ce que vous fricotez là, les gars ?

— C'est un gros rat qu'on fait griller, lui répondit très sérieusement Fontaine. Comme les Boches sont nerveux en ce moment, on n'était pas sûrs que t'apporterais la boustifaille, alors...

Le cuistot, doublement vexé de ce qu'on osât mettre en doute sa régularité et qu'on se risquât à cuisiner dans son dos, monta sur ses grands chevaux.

— Y a-t-il une seule fois, une seule, où vous êtes restés sans manger ?

— Peut-être bien que non, mais il y a des fois où ta cuistance, fallait vraiment en avoir envie ! s'exclama Flachon.

— J'aimerais bien vous voir trimballer les gamelles dans les boyaux, avec les obus qui tombent de partout, bande d'ingrats !

Il aperçut alors Germain qui avait réussi à installer une broche sur un petit feu et qui y faisait rôtir le canard.

— Du canard ! Vous ne vous refusez rien, messeigneurs !

Il termina sa distribution et, comme une canonnade commençait à rouler quelque part vers l'Ouest, se dépêcha de disparaître. La section se partagea le volatile dont il ne resta bientôt plus rien que quelques os soigneusement nettoyés. Célestin s'était assis sur une caisse de grenades, près de Germain.

— Dis-moi, Béraud, la jeune femme à qui tu avais piqué son sac, à Orléans…

— J'ai tout rendu, je vous jure, j'ai rien pris dedans.

— Je te crois, mais tu as peut-être eu le temps de regarder ses papiers ?

— Je me rappelle plus trop… C'est possible…

— Je pense que tu te rappelles très bien tout ce que tu as fait ce soir-là. Elle s'appelait Anaïs, mais je ne suis pas fichu de retrouver son nom de famille.

— Farel, monsieur, Anaïs Farel, répondit Germain en baissant les yeux.

— Voilà, c'est ça ! Tu vois que tu n'oublies rien. Farel… Elle m'avait dit que son mari avait été mobilisé comme capitaine dans le génie, c'est un ingénieur, je crois. Ça ne te dit rien ?

— Non. Mais quel rapport avec votre enquête ?

— Le lieutenant de Mérange faisait la cour à madame Farel. Son mari l'aura appris, et il aura voulu se venger.

— Il l'aurait appris comment ? Il était déjà parti au front, d'après ce que vous dites, quand le lieutenant était à Orléans.

— Une lettre. Tu ne peux pas savoir combien

il y a d'âmes charitables pour mettre au courant les maris cocus de leurs infortunes, comme pour dénoncer leurs voisins à la police : à la Préfecture, on en reçoit des sacs tous les jours.

— C'est débectant.

— Je ne te le fais pas dire. D'un autre côté, ça facilite certaines enquêtes, il faut bien l'admettre. Maintenant, comment retrouver la trace du capitaine Farel, du génie ?

— Si ça se trouve, il est dans le coin. Les affectations ont été faites par régions. Il y a beaucoup de gars du Centre de la France, à la compagnie.

Célestin allait répondre lorsque le lieutenant Doussac s'approcha.

— Suivez-moi, Louise, je voudrais vous montrer quelque chose.

Il entraîna le jeune policier dans son abri. À l'intérieur, la décoration avait changé depuis la mort de Paul de Mérange. Si les lampes au pétrole étaient restées les mêmes, l'une des parois de la cagna était désormais couverte de livres soigneusement rangés sur des étagères séparées par des briques provenant de maisons démolies. Une grande malle supportait un large plateau de bois qui faisait office d'écritoire, une caisse de cartouches servait de siège. Doussac n'invita pas Célestin à s'asseoir, il ne lui proposa ni cigarette, ni alcool. Il prit sur la malle une enveloppe et la lui tendit.

— Lorsque je me suis installé ici, j'ai trouvé cette lettre. Il n'y avait pas d'enveloppe, pas d'adresse, je me suis permis de la lire. Elle a été écrite par le lieutenant de Mérange. Comme vous allez le voir, il s'agit d'une lettre très intime. Mais il me semblerait déplacé de la transmettre à madame de Mérange. J'ai réfléchi à votre histoire de meurtre. Lisez…

Célestin prit la lettre et la déplia. L'écriture du lieutenant, régulière, s'étalait sur quelques lignes. C'était plus un petit mot affectueux qu'une véritable lettre, un bonjour rapide qu'il avait eu l'intention d'expédier entre deux assauts, à la prochaine relève.

Ma toute sucrée,

Pas une minute où je ne pense à toi, à notre dernière étreinte, à ton corps magnifique offert à mes caresses. Je survivrai, ne serait-ce que pour te faire encore une fois l'amour. Ma femme à qui, tu le sais, je ne cache plus rien, me fait des leçons de morale, comme si mon absence lui donnait une soudaine audace qu'elle n'a jamais eue jusqu'ici. Elle s'est rapprochée de mon imbécile de frère qui, tu t'en doutes, n'en demandait pas tant. Il va falloir jouer serré, mais cela m'amuse. Je suis tout à toi. Paul.

Célestin releva les yeux vers Doussac.

— Vous en pensez quoi, mon lieutenant ?

— Moi ? Rien. C'est votre affaire, Louise, c'est à vous de tirer les conclusions. Moi, je ne suis que votre nouveau lieutenant.

Puis, comme Célestin esquissait le geste de lui rendre la lettre :

— Gardez-la. C'est peut-être une pièce à conviction.

Il y avait un brin d'ironie dans la voix de l'officier. Célestin ne releva pas et glissa la lettre dans la poche intérieure de sa capote.

— Alors, vous avez décidé de m'aider, mon lieutenant ?

— Je n'aime pas beaucoup les flics, Louise. Mais j'aime encore moins les assassins.

— Je vous remercie, mon lieutenant, et je vous assure que…

— Taisez-vous ! Écoutez…

Au début, Célestin n'entendit rien. Puis cela devint net, évident : des coups réguliers provenaient du sol. Comme si un bûcheron souterrain abattait un arbre gigantesque. Le jeune soldat et son lieutenant échangèrent un regard inquiet. Au même moment, quelqu'un frappait au linteau de l'abri.

— Mon lieutenant ! Mon lieutenant !

— Oui, entrez.

Un soldat écarta le rideau qui masquait l'entrée et s'avança. C'était Peuch, le visage déformé par la terreur.

— Vous entendez, mon lieutenant ? Les Boches sont en train de creuser une mine, droit sur nous !

— J'entends, Peuch, j'entends. Malheureusement, nous ne serons pas relevés avant deux jours. Vous allez partir immédiatement, il y a un bataillon du génie au Hamel, vous leur donnerez ceci…

Il avait griffonné quelques lignes sur un formulaire auquel il donna un coup de tampon officiel. Il le confia à Peuch.

— Dites-leur de venir le plus vite possible. Il faut faire une contre-sape. Ou évacuer la zone.

— On n'a jamais évacué une tranchée, mon lieutenant, c'est un ordre que le colonel ne donnera jamais.

— Alors dépêchez-vous.

Peuch ne se le fit pas dire deux fois, il se rua dehors, Célestin entendit son galop qui s'éloignait dans la boue de la tranchée. Il observa le jeune officier qui ne manifestait aucune inquiétude. Doussac alluma tranquillement une cigarette.

— Pourquoi cette panique, Louise? Jc n'ai jamais vu les hommes dans cet état, même au plus fort d'un bombardement.

— Ils ne veulent pas de cette mort-là, mon lieutenant, c'est une torture. Ils n'ont pas peur de prendre une balle dans la tête ou de se faire couper en deux par un obus, mais d'entendre leur mort qui s'avance, seconde après seconde, sans rien pouvoir faire, c'est au-dessus de leurs forces.

Doussac hocha la tête et resta silencieux. Il recracha lentement la fumée de sa cigarette.

— Je pense qu'il arrive toujours un moment où la guerre est au-dessus de nos forces. Et c'est à ce moment-là, précisément, que l'on choisit d'être vainqueur ou vaincu. Regagnez votre poste, Louise, et dites aux autres de ne pas s'affoler.

Célestin quitta l'abri, à la fois impressionné par le calme de son supérieur et agacé par son détachement, une façon subtile de le prendre de haut.

Où se croyait-il, celui-là ? En même temps, il ne pouvait pas s'empêcher de lui conserver sa sympathie, et il savait pouvoir compter sur son appui pour mener son enquête. Quand il retourna au parapet, Flachon avait perdu son habituelle jovialité. Pâle, tendu, un tic nerveux lui tiraillait la lèvre inférieure, il bougonnait une colère qui dissimulait mal son angoisse.

— Salauds de Boches ! Mais regarde-moi ces fumiers ! Ils ont trop peur de venir se battre, ces couilles molles, alors ils creusent comme des rats pour nous faire sauter la gueule !

— Peuch est parti chercher les gars du génie.

— Et qu'est-ce que tu veux qu'ils foutent, les gars du génie ? On sera réduits en petits morceaux bien avant qu'il arrivent !

Célestin lui donna une petite bourrade amicale et se glissa un peu plus loin dans la tranchée. Trois hommes qui avaient été relevés au parapet avaient entamé une partie de cartes, mais le cœur n'y était pas. Germain les observait distraitement, cigarette au bec, adossé à la paroi. Il leva les yeux vers Louise.

— Vous pensez qu'on va tous sauter, monsieur ?

— Bien sûr que non !

Fontaine, qui était de garde au créneau, se tourna vers eux.

— T'as l'air bien sûr de toi, parigot. Qu'est-ce qui te fait dire qu'on va s'en sortir ?

— C'est juste une question de logique. Si je dis qu'on va s'en sortir et qu'on se volatilise tous dans les airs, il n'y aura plus personne pour me reprocher que j'avais tort. Mais si on s'en sort, comme je le crois, vous serez tous épatés parce que j'avais raison.

— T'es con ! s'indigna Fontaine qui retourna à son guet.

— Belote, rebelote et dix de der ! annonça un des joueurs de cartes.

L'après-midi s'éternisa comme un cauchemar. Tous les hommes guettaient les coups sourds qui venaient du fond de la terre, chaque coup creusant la mine, approchant d'eux la charge mortelle. Ce soir-là, le cuistot fit encore plus vite que d'habitude. Il avait quand même eu le temps de raconter à la petite troupe ce que c'était que l'explosion d'une mine, et comment des tonnes de terre se trouvaient soudain projetées en l'air avec, au milieu, les cadavres qui retombaient déjà morts.

— Restez surtout attentifs au bruit : c'est quand ils arrêteront de creuser que ça deviendra dangereux. Ça voudra dire qu'ils sont en train d'évacuer… et boum !

— Dis donc, pile-miche, t'as bientôt fini de nous foutre les chocottes ? Ça te fait marrer ? l'apostropha le gros Flachon, fou de rage. Mais tu vas rester avec nous, comme ça, le voyage sur la lune, on le fera tous ensemble !

Et, se mettant en travers de la tranchée, il empêchait le gros type, pataud, de s'en aller. L'autre commençait à transpirer, geignant :

— Mais laissez-moi passer, nom de dieu ! Sinon,

demain, je peux vous dire que vous claquerez du bec !

— Demain, justement, on sera plus là, alors autant que tu nous accompagnes au paradis pour nous faire la tambouille là-haut, face de noix !

Ils finirent par le laisser partir. Il courait presque avec ses gamelles vides qui bringuebalaient, il s'évanouit avec une agilité qu'on ne lui eût pas soupçonnée. Il faisait déjà nuit lorsque l'équipe du génie arriva, guidée par Peuch. Ils étaient quatre, un capitaine à leur tête. Ils se présentèrent immédiatement au lieutenant Doussac et demandèrent à passer dans l'abri. Dans la tranchée, les hypothèses fusaient : allaient-ils creuser à leur tour pour surprendre les Boches ? Ou provoquer par une explosion bien placée l'écroulement de la mine avant la mise à feu de la charge ? Ou, tout simplement, évacuer en vitesse ?

— Capitaine Farel, se présenta l'officier du génie.

Il demanda à Doussac la permission d'ausculter le sol de la cagna avec ses hommes. Accroupis par terre, à peine éclairés par quelques bougies, ils écoutèrent le bruit régulier avec une sorte de stéthoscope. Ils se relevèrent rapidement.

— Ils sont trop près, lieutenant. Nous ne pouvons plus intervenir.

L'ombre d'un sourire résigné passa sur le visage du jeune lieutenant.

— Alors, à la grâce de Dieu !

Le capitaine prit congé, il allait passer la nuit à la réfection d'un pont endommagé par un tir mal réglé des 75 français. Il serra la main de Doussac en lui souhaitant bonne chance. Dans le renfoncement d'un abri individuel, Célestin le guettait. À la faible lueur qui parvenait de la cagna, il reconnut Farel. Il ressemblait à sa photographie d'Orléans, celle que le jeune policier avait aperçue, posée sur la cheminée, dans l'appartement confortable. Il se mit délibérément en travers de sa route.

— Capitaine Farel ?

— Oui.

Célestin le dévisagea, il détailla ce visage carré au long nez droit, aux mâchoires puissantes, aux grands yeux clairs, à la bouche presque souriante surmontée d'une longue et fine moustache. Pas l'ombre d'un tressaillement, d'une surprise, d'une hésitation.

— Soldat Célestin Louise. Vous êtes bien d'Orléans ?

— C'est exact, pourquoi ?

— J'ai croisé votre femme, là-bas, pendant mes classes.

— Tiens donc ? En quelles circonstances ?

L'homme était un grand bourgeois que trahissait une légère condescendance, il imaginait mal que sa femme pût être en relation avec un homme de troupe hirsute et dépenaillé. Célestin mentit.

— Elle s'est trouvée prise dans une émeute lors du passage d'un convoi de prisonniers allemands. Rien de grave, nous l'avons tirée de là sans mal.

— Elle ne m'en a pas parlé dans ses lettres. Mais je vous en remercie.

— C'était le lieutenant Paul de Mérange qui

commandait notre escouade. Cela vous dit quelque chose ?

— Paul de Mérange ? Non, je ne vois pas…

— N'importe : il vient de se faire tuer.

— Beaucoup d'entre nous ne reviendront pas, hélas. Maintenant, excusez-moi, monsieur…

— Louise. Célestin Louise.

— Au revoir, monsieur Louise. Et bonne chance.

Célestin le regarda s'éloigner avec ses hommes. Ils disparurent, happés par la nuit. Les premières fusées éclairantes vinrent déchirer le ciel. Germain s'était approché du jeune policier.

— Ce type-là n'est pas capable d'assassiner quelqu'un, monsieur.

— Tu as raison, Béraud. Je pense la même chose.

Il pensait aussi que, décidément, tout convergeait autour de Claire de Mérange : femme jalouse et vindicative, ou victime sans défense d'un mari cynique, comment le savoir ? Il devait la rencontrer. Il sortit de sa poche la montre de Paul de Mérange et l'ouvrit. La flamme de son briquet éclaira le portrait de Claire. Il essaya d'imaginer la voix de la jeune femme, ses gestes, sa façon de bouger. Un coup de vent éteignit le briquet. Cette nuit-là, assoupi sur une banquette de tir, recroquevillé sous une mauvaise couverture, Célestin rêva d'une femme qui avait le corps sensuel de Joséphine et le visage de Claire, une femme qui lui faisait l'amour.

CHAPITRE 8

UNE PERMISSION

Vers deux heures du matin, les artificiers ennemis cessèrent de creuser. Un duel d'artillerie opposait les 155 allemands et les 75 français. Toute la section s'était réfugiée dans les abris, d'où l'on entendait plus nettement les coups de pioche souterrains. Quand ils s'arrêtèrent, presque en même temps que les canons, ce fut un silence de mort. Les hommes ne parlaient plus, ils évitaient même de se regarder, trop anxieux de surprendre leur propre angoisse sur le visage des autres. Doussac fit passer l'ordre de sortir et de se mettre aux créneaux.

— Pour ce que ça change, marmonna Fontaine. Il pense peut-être qu'on va monter moins haut ?

Tout à coup, un des hommes de la compagnie, un Corse, se mit à invectiver les Allemands, il les insultait dans sa langue, on pouvait comprendre, aux intonations, qu'il les provoquait, qu'il les traitait de lâches. Et soudain, sans laisser le temps à quiconque de le retenir, il enjamba le parapet et se précipita vers la tranchée ennemie. Baïonnette au canon, il brandissait son fusil en hurlant. Animé d'une force surhumaine, il sauta les barbelés et se retrouva seul, au milieu des trous d'obus, sur le no man's land qui séparait les deux camps. Une fusée éclairante partit en l'air et sa grande fleur blanche éclatée dans le ciel illumina brutalement la scène.

— Reviens, espèce de con ! cria Flachon.

Mais l'autre, rendu fou par la peur, par la menace de cette explosion qui pouvait à chaque seconde les anéantir, continuait à courir, trébuchant parfois, se relevant, braillant des injures. La lumière aveuglante lui dessinait sur le sol inégal une ombre grotesque. Il détacha de sa ceinture une grenade, il n'était plus qu'à une vingtaine de mètres de la tranchée adverse. Rivés au parapet, les autres soldats de la section ne le quittaient pas des yeux, espérant un improbable miracle.

— Mais il va y arriver, le Corsico !

De fait, le soldat avait dégoupillé sa grenade et s'apprêtait à la lancer. Peut-être, en face, les autres n'arrivaient-ils pas à l'ajuster ? Au moment où il armait son geste, il y eut un coup de feu, un seul. Touché en pleine poitrine, le Corse s'écroula, emprisonnant la grenade sous lui. Il y eut quelques secondes de silence, plus rien ne bougeait. Et puis la grenade explosa. Le corps déchiqueté parut littéralement s'éparpiller. La fusée jeta ses derniers feux et ce fut de nouveau la nuit. Une chape de plomb tomba sur les hommes de la tranchée. Le lieutenant Doussac lui-même se taisait, conscient que rien ne pouvait plus atténuer la terreur qui glaçait le cœur de ses soldats. Craignant un nouvel assaut, les Allemands balançaient au jugé des grenades, et la mitrailleuse avait repris son crépitement. Après une dizaine de minutes, les tirs cessèrent et le silence revint, insupportable. Une bouteille de gnole circulait de main en main, les hommes au passage en sifflaient de larges rasades qui leur brûlaient le gosier, les yeux leur piquaient, ils reniflaient un bon coup et reprenaient leur garde. La délivrance vint au bout de la nuit, alors que tombait le froid de glace précédant l'aube. Il y eut des cliquetis de ceinturons et une cohorte d'ombres envahit la tranchée. C'était la relève. À la tête d'une vingtaine d'homme, un vieil adjudant résigné échangea quelques mots avec Doussac. Quand il apprit qu'une mine avait été creusée sous leurs pieds, il fit un vague geste de la main, comme pour s'en remettre au destin. La section de Louise ne mit pas dix minutes à déguerpir. Le soulagement des soldats était presque palpable, Flachon se retenait de chanter et Fontaine sifflotait. Arrivés au bout du boyau d'accès à la tranchée de deuxième ligne, ils allumèrent les premières cigarettes. C'était encore dangereux, mais Doussac n'avait pas le cœur à les réprimander. Célestin, lui aussi gagné par l'euphorie, regardait disparaître au ciel les dernières étoiles quand la terre se mit à trembler. Tout à coup, une montagne de terre se leva devant eux, comme un raz de marée, comme si le champ de bataille, dressé à la verticale, venait leur boucher l'horizon. L'explosion leur déchira les tympans. D'un même geste, sans se concerter, ils jetèrent leurs cigarettes. Ils ouvraient de grands yeux effarés. La catastrophe attendue dépassait ce qu'ils avaient pu imaginer. Lorsque tout retomba dans le chaos et la fumée, ils revinrent sur leurs pas. Au bout du boyau, il n'y avait plus rien qu'un énorme cratère, comme la bouche ouverte d'un volcan. Plus rien de vivant, plus même une seule trace de ce qui avait existé auparavant, la tranchée, les abris, les parapets : tout avait été englouti, réduit en miettes et recouvert de terre. Dans la nuit, le ciel s'était dégagé et le premier rayon d'un soleil rasant vint éclairer cette désolation. Au même instant, sur toute la ligne de front que les Français pouvaient apercevoir, les soldats allemands, quittant leur tranchée, se lançaient à l'assaut. La section se replia aussitôt en deuxième ligne. Doussac hurlait ses ordres, Flachon et Fontaine s'installèrent à la mitrailleuse, arrosant sans discontinuer les attaquants qui tombaient par rangées entières. Mais il en venait toujours. Puis ce fut un duel de grenades. Béraud avait pris de l'assurance et, près de Célestin, balançait le plus loin possible ses engins explosifs. Une grenade allemande tomba en plein dans la tranchée, deux soldats français s'écroulèrent, leur sang fit bientôt une mare dans laquelle ils pataugeaient sans s'en rendre compte. Malgré leur résistance et quelques salves bien ajustées des canons de 75, les premiers soldats allemands prirent pied dans la tranchée. Célestin vit un grand gaillard braquer sur lui son revolver, il eut juste le temps de dévier le coup de feu d'un coup de la crosse de son fusil puis, baïonnette en avant, il blessa son agresseur à l'épaule. Le type se laissa tomber le long de la paroi, la main crispée sur son bras ensanglanté. Ensuite, ce fut une mêlée sauvage, Célestin crut voir Flachon enfoncer son poignard dans le ventre d'un des attaquants, Peuch traîner Fontaine inanimé vers un renfoncement et Doussac tirer des coups de revolver. Et puis il y eut les renforts, le 111e régiment d'infanterie vint les sortir d'une situation qui devenait critique. La compagnie réussit à se maintenir dans la tranchée de seconde ligne. Il fallut couper les boyaux de communication avec des sacs de sable pendant que, dans ce qui avait été la première ligne française, les Allemands confortaient leur nouvelle position. Le 111e releva la compagnie de Célestin : ils étaient restés sept jours au feu.

La troisième section de la vingt-deuxième compagnie prit son repos au bourg de Saint Mard. Étiré le long de la route, le village n'avait pas encore trop souffert de la guerre : seules une ou deux toitures éventrées témoignaient d'un duel d'artillerie. Pourtant, la plus grande partie de la population civile s'était enfuie. Il ne restait plus, dans une bicoque flanquée d'un maigre jardin, qu'un vieux facteur en retraite qui radotait sa guerre de 1870, et la propriétaire hors d'âge d'une petite mercerie. Son magasin était envahi par les soldats, soit qu'ils voulussent trouver de quoi réparer leurs vêtements, ou seulement pour se rappeler les jours de paix et le plaisir simple d'aller faire des courses dans une boutique. Célestin, Germain, Flachon, Fontaine et Peuch, devenus inséparables comme les cinq doigts de la main, avaient trouvé refuge dans un hangar à bois au fond du jardin d'une vaste demeure dont tous les volets avaient été fermés. Dans un potager à l'abandon, Fontaine avait découvert un carré de pommes de terre, de quoi bien se caler le ventre si le cuisinier était en retard. Et, de toutes façons, ça ne les dérangeait pas de manger deux fois. Ce n'était pas le bois sec qui manquait, ils se firent un feu autour duquel ils s'assirent. Ils étaient moins bavards qu'à l'ordinaire. L'explosion de la tranchée et la férocité des combats qui avaient suivi les avaient assommés. Ils restaient immobiles, les yeux perdus dans les flammes, à ne penser à rien. Peuch faisait passer son bouteillon rempli d'eau de vie. Le petit Germain but au goulot et tendit la gourde d'alcool à Célestin.

— Vous pensez à votre enquête, pas vrai ?

Célestin prit le bidon et but au goulot une rasade d'eau-de-vie qui lui brûla le ventre.

— Oui, ça m'obsède. Mérange est mort devant moi, son meurtrier était probablement dans la tranchée que nous venions de quitter. Il s'est mis tranquillement au parapet, il a eu tout son temps pour viser et son coup de feu s'est perdu dans la confusion et dans le chaos. Une sorte de crime parfait.

— Si vous n'aviez pas été là...

Célestin passa l'alcool à Peuch, à sa gauche, et considéra Béraud. Lejeune homme était en quelques semaines devenu un combattant vif et malin, capable de se sortir avec brio de situations difficiles. Il avait mis tout son talent de petit voleur des rues, toute sa débrouillardise, au service de la guerre. C'était désormais un compagnon sûr et fidèle, et le regard d'admiration qu'il lançait à Célestin toucha le policier.

— Qu'est-ce que vous allez faire, maintenant ?

— À moins d'un coup de chance invraisemblable, je ne suis pas en mesure d'identifier le tueur. Je manque d'éléments. Il faut absolument que je rencontre madame de Mérange et son beau-frère, Jean de Mérange. Il y a de toute évidence un contentieux entre eux et le lieutenant.

— Vous pensez à une histoire de jalousie ?

— Pour se faire une idée, il faut voir les gens, leur parler. Ici, coincé dans la guerre, je ne peux faire que de vagues hypothèses. Tout ce que je crois, c'est qu'il y a un lien entre l'assassinat du lieutenant et sa famille.

Une silhouette approchait. Les hommes reconnurent le lieutenant Doussac et firent mine de se lever, il les arrêta d'un geste. En quelques questions, il s'assura de leur confort rudimentaire et leur recommanda de respecter la maison, propriété d'un gros notaire qui s'était enfui au premier jour de la déclaration de guerre. Le jeune officier avait été légèrement blessé à la main gauche et portait un pansement qui donnait une touche héroïque à son attitude cordiale et modeste. Son comportement pendant la bataille lui avait valu l'estime et l'admiration de ses hommes, il le savait mais ne voulait pas en jouer. On le sentait appliqué à la guerre comme il devait, à l'École Normale, s'appliquer à la philosophie ou aux mathématiques. Il prit Célestin à part.

— Alors, inspecteur Louise, ça avance, cette enquête ?

— J'ai fait tout ce que je pouvais faire ici. Maintenant, il faudrait que j'interroge madame de Mérange.

— Ce ne sera pas tout de suite, j'ai trop besoin de vous ici.

— Sauf si on me tire dans le dos, à moi aussi.

— Qu'est-ce que vous dites ?

En quelques mots, le jeune policier mit Doussac au courant de la tentative d'assassinat à laquelle il avait échappé, et de sa conviction que c'était le même homme qui lui avait tiré dessus et qui avait tué Paul de Mérange.

— Et pourquoi voudrait-il vous supprimer ?

— Parce que je suis le seul à m'intéresser à la mort du lieutenant, et à la trouver suspecte.

— Si ce que vous dites est vrai, cela change tout.

Doussac sortit une cigarette anglaise d'un étui et l'alluma. Il rempocha machinalement l'étui sans en proposer à Célestin. Les deux hommes marchaient le long d'une allée qu'on devinait à peine dans l'obscurité, et qui contournait la vaste maison du notaire. Doussac restait silencieux, avalant de longues bouffées de tabac dont il soufflait la fumée vers le ciel noir. Il fit un petit bruit avec sa bouche et s'arrêta.

— Je vous donne trois jours, mon vieux. Je vais vous faire une lettre pour le médecin-major de Vailly, vous lui direz que vous souffrez de maux de têtes terribles depuis vingt-quatre heures. Moi, je lui écris que vous avez des états de panique dus à l'explosion qui vous a soufflé, et que vous avez besoin d'un peu de repos. En tout état de cause, il faut qu'il soit persuadé que vous n'êtes pas apte à vous battre.

— Je connais le major, il sera difficile à convaincre.

— À vous de jouer. Je vous ferai porter la lettre demain matin, j'espère qu'elle sera suffisante.

— Bien, mon lieutenant. Et merci.

Célestin le salua. Doussac le regarda comme s'il allait lui dire quelque chose, puis se retint, salua à son tour et disparut derrière une haie qui menait à l'entrée de la propriété. Célestin se sentit envahi par une grande joie mêlée d'excitation : il allait pouvoir mener son enquête jusqu'au bout. Il reprenait la direction de la réserve à bois qu'éclairait le feu quand une ombre passa derrière la vitre d'une étroite fenêtre qui donnait sur le côté de la maison. Protégée par des barreaux de fer, la petite ouverture ne disposait pas de volets et constituait un observatoire idéal pour épier les soldats au repos. Il courut jusqu'à la bâtisse et se mit sur la pointe des pieds pour regarder à l'intérieur. Il faisait trop sombre pour bien voir. Il distingua vaguement un sol dallé noir et blanc, un mur ouvert de deux portes, un fauteuil et les reflets métalliques d'une armure en faction au bas d'un large escalier. Rien ne bougeait. Il resta ainsi jusqu'à ce que le début d'une crampe au mollet lui arrachât un petit cri de douleur. Quittant la petite fenêtre, il entreprit de faire le tour de la maison, vérifiant la solidité de chaque volet. Finalement, l'un d'eux s'ouvrit sans résistance. Il protégeait une porte-fenêtre à deux battants qui donnait sur un grand salon dont Célestin devinait les meubles luxueux chargés de bibelots, les épais tapis, les lampes sur pied, les tableaux aux murs. Là non plus, rien ne bougeait. Soudain, une porte au fond, plongée dans la pénombre, s'ouvrit franchement, poussée par une forme humaine qui, remarquant le visage du policier appliqué à la vitre, se retira aussitôt. Cette fois, Louise, certain d'avoir vu quelqu'un, poussa franchement sur la porte vitrée qui ne céda pas. En désespoir de cause, il sortit son poignard et, d'un coup de manche, brisa un carreau. D'où il était, les camarades de la section ne pouvaient pas le voir et sans doute non plus l'entendre. Passant sa main à l'intérieur, il tourna la poignée, les deux battants s'ouvrirent, il entra. En quelques enjambées, il fut à la porte à laquelle était apparu le mystérieux occupant de la maison. Célestin, peu soucieux d'offrir au tueur une cible trop facile, se colla au mur. La porte ouvrait sur une vaste cuisine encore imprégnée de restes de fumets gourmands. Aux murs, des casseroles de cuivre accrochées en ordre de taille croissant, des étagères chargées de pots, de hauts buffets entourant une immense cuisinière. Célestin entreprit de faire le tour de la table en bois qui occupait le centre de la pièce. L'autre n'avait pas pu quitter la pièce dont la seconde porte, elle aussi fermée par un volet, donnait sur le jardin, et dont le verrou, de surcroît, était poussé. Lejeune soldat gardait à la main son poignard. Il y eut soudain un remue-ménage sous le bac à vaisselle et, faisant irruption de derrière un rideau à carreaux, une jeune femme se précipita en hurlant dans ses bras.

— Un rat ! Il y a un rat là-bas, dans le coin !

Célestin avait eu tout juste le temps d'écarter la lame du poignard afin de ne pas la blesser. Elle était très jeune, moins de vingt ans certainement, elle avait un corps souple et mince qui tremblait un peu dans les bras du jeune homme et la voix d'une enfant.

— Qu'est-ce que vous faites là ? demanda-t-il.

— Et vous, alors ? les soldats n'ont pas le droit d'entrer dans la maison.

— On nous a assurés qu'elle était vide.

— Ce n'est pas une raison !

— Calmez-vous, je ne vous veux pas de mal. J'ai pensé que vous étiez un espion, ou…

Il ne termina pas sa phrase, son histoire d'assassin aurait pu paraître trop compliquée, ou même invraisemblable. La jeune fille éclata de rire, amusée qu'on ait pu la prendre pour une espionne. Puis elle se rembrunit d'un coup et resta silencieuse. Célestin se présenta, elle le salua et donna son prénom et son nom : Éliane Merle. Tandis que les pans de sa blouse s'écartaient, Célestin s'aperçut que son ventre était légèrement arrondi et proéminent. Elle était très préoccupée de savoir combien de temps la guerre allait durer.

— Longtemps, mademoiselle, beaucoup plus longtemps qu'on ne le pensait. Nous sommes bloqués en face des Boches, et dès que l'un de nous met le nez dehors pour attaquer, il se fait massacrer. Nous resterons peut-être des siècles ainsi, face à face.

Éliane parut consternée et, d'un coup, elle s'effondra et se mit à pleurer. Entre les sanglots qui l'agitaient, Célestin parvint à lui faire raconter son histoire, une histoire triste et sordidement banale. Elle avait été engagée à dix-sept ans comme jeune femme de chambre de la maîtresse de maison. Le mari, le notaire, s'était mis à la harceler et elle avait fini par céder à ses avances. Juste avant l'été, elle s'était rendu compte qu'elle était enceinte. Et puis il y avait eu la déclaration de guerre. Sa maîtresse, enceinte également, ne voulait absolument pas rester dans cette région que les rumeurs les plus alarmistes annonçaient bientôt envahie par les uhlans teutons qui violaient les femmes et dévoraient les enfants. Le couple partit se réfugier dans un appartement de famille à Neuilly sur Seine. Éliane annonça son état à son patron qui décida immédiatement de la congédier avec une forte somme d'argent. Elle prit l'argent, fit mine de s'en aller et, après le départ du couple, revint en secret dans la maison : fille de l'Assistance Publique, elle n'avait plus personne au monde et nulle part où s'enfuir. Elle se voyait mal voyager dans un pays en guerre. Elle subsistait sur les réserves amassées dans le cellier et sortait parfois la nuit pour rapporter des pommes de terre ou des orties avec lesquelles elle se préparait de la soupe.

— Vous n'avez pas peur qu'on remarque la fumée ?

— Il n'y a plus personne ou presque au pays. Et depuis que les soldats viennent par ici, je ne fais plus de feu. Et j'ai froid.

— Vous ne pouvez pas rester dans cette maison, c'est de la folie. L'armée allemande est à moins de sept kilomètres d'ici !

— Et où voulez-vous que j'aille ?

Et elle ajouta avec un petit sourire :

— Je dors dans la chambre des maîtres.

— Venez avec moi, je quitte le front demain pour quelques jours, je vous emmène.

— Vous m'emmenez où ?

— Dans ma famille.

— Et pourquoi vous feriez ça ?

— Parce que... Parce que vous me faites pitié toute seule ici, exposée à n'importe quoi, à n'importe qui, avec votre ventre qui s'arrondit.

— J'en ai rien à faire, de votre pitié ! Laissez-moi tranquille !

Elle voulut s'échapper, il la rattrapa, s'excusa. Quand elle apprit que, dans le civil, Louise était policier, elle se rasséréna. Le plan du jeune homme était simple : demain, lorsqu'il prendrait la route de Vailly, elle l'accompagnerait. Il se faisait fort de convaincre le médecin-major. Ensuite, ils partiraient tous les deux pour Paris, Célestin confierait Éliane à sa sœur Gabrielle et continuerait vers l'Ouest, vers la Sarthe, là où l'attendait la famille de Mérange. Éliane écouta le jeune homme sans dire un mot. Elle finit par acquiescer et promit de le rejoindre le lendemain. Il se retira, elle referma la porte derrière lui. Il repoussa les volets et regagna l'abri dans lequel les autres s'étaient endormis, roulés dans leurs couvertures, autour du feu qui crépitait. Célestin remit une bûche et, tandis que le morceau de bois s'enflammait, demeura immobile, assis dans le rond de lumière, à penser à cette étrange jeune femme, Éliane, à qui la guerre avait offert comme un répit.

Le commandant Philipon, qui dirigeait la compagnie, était un obsédé des exercices. Obnubilé par la préparation physique et psychologique de ses hommes, il ne leur accordait jamais plus d'une journée de repos. Comme à son habitude, il avait décrété que le lendemain serait entièrement consacré à des manœuvres. La section de Doussac devait rejoindre les autres dans un immense pré qui ondulait entre deux bois, pour mettre au point les formations d'attaques, la progression en tirailleur, l'assaut des tranchées et les combats au corps à corps. En partageant avec ses quatre camarades, en guise de petit déjeuner, une vieille pomme fripée dans la mauvaise lumière de l'aube, Flachon laissait sortir sa rage.

— Passe encore qu'il nous envoie au cassepipe, puisqu'on est là pour ça, mais on a quand même le droit de se reposer, nom de dieu ! C'est pas lui qui crapahute dans les barbelés et qui se fait marmiter par les Boches !

Fontaine et Flachon partirent les premiers. Célestin leur avait expliqué qu'il avait trouvé le moyen de s'absenter quelques jours pour poursuivre son enquête, Flachon avait ouvert de grands yeux étonnés.

— Dis donc, bonhomme, quand tu as quelque chose dans la tête, tu ne l'as pas ailleurs !

Célestin avait ensuite répondu aux questions de Germain, lui recommandant de rester sur ses gardes et de noter tout ce qui pourrait avoir un rapport, de près ou de loin, avec la mort du lieutenant de Mérange. Le jeune homme était à la fois inquiet de voir partir Célestin, et curieux de connaître la suite de ses investigations. Il aurait bien voulu l'accompagner. Il partit à son tour à contrecœur, son barda sur le dos, tandis que la matinée glaciale avait du mal à se sortir du brouillard. Une estafette arrivait en sens inverse, porteur d'un pli pour Célestin : c'était la lettre de Doussac, le petit lieutenant avait tenu sa promesse. Quand il fut seul, Célestin marcha jusqu'à la maison, ouvrit le volet de la porte-fenêtre et entra dans le salon. Il appela Éliane sans obtenir de réponse. Il fit le tour des pièces, découvrant à mesure le confort cossu de cette bourgeoisie de province qu'il allait être amené à rencontrer de nouveau dans les jours à venir. La jeune servante avait disparu, probablement effrayée d'avoir été découverte et peu désireuse d'accompagner Célestin. Celui-ci en conçut un peu d'amertume. Il appela vainement une dernière fois et quitta le domaine. Une demi-heure plus tard, il marchait vers Vailly. Un vent de nord-est, agaçante petite bise qui lui fouettait le visage, avait chassé la brume. La route étroite s'allongeait devant lui, parsemée des débris d'une armée en campagne, chariots d'artillerie aux essieux brisés, cuisines roulantes hors d'usage, brassards, manchons déchirés, casquettes piétinées, caisses éventrées... Il croisa un convoi de 75 qui montait au front, chaque canon tiré par six chevaux et, à la suite, les chariots d'obus. Les artilleurs, à cheval ou assis au bord des charrettes, restaient silencieux, certains d'entre eux étaient encore endormis et se laissaient chahuter par les cahots du chemin. Le crissement des roues et le grincement des essieux s'évanouissaient lorsque Célestin arriva en contrebas d'un taillis. Les arbres, pratiquement dépouillés de leurs dernières feuilles, croisaient leurs branches nues au-dessus d'un amas de ronces et de buissons qui paraissait impénétrable. Célestin fut d'autant plus surpris d'en voir sortir Éliane, vêtue d'un châle qui s'effrangeait aux épines. Franchissant d'un bond un petit fossé plein d'une eau noire, elle atterrit sur la route et salua Célestin.

— Je vous ai cherchée dans la maison, tout à l'heure.

— Je préférais attendre que vous ayez quitté le parc. Et que vous soyez seul.

Célestin acquiesça, comprenant que la jeune servante l'avait suivi. Une troupe de soldats, amis ou ennemis, n'avait rien de rassurant pour une femme seule. Ils se mirent à marcher côte à côte. Le jeune policier lui parla de l'hôpital militaire installé dans l'église et du médecin bourru, revenu de toutes les pitiés.

— Pendant que je parlerai avec lui, allez trouver une des religieuses qui soignent les blessés. Demandez-lui un bouillon ou un lait chaud, dans votre état, il faut bien vous nourrir.

Ces conseils attentifs et maladroits touchèrent la jeune femme. Elle promit de les suivre. Deux heures plus tard, ils arrivaient à Vailly.

Les assauts successifs des 134e et 111e régiments d'infanterie à la cote 512 s'étaient invariablement brisés sur les mitrailleuses allemandes. On ne comptait plus les morts, les blessés, les éclopés. Le médecin-major Pransieux n'avait pas dormi depuis soixante-douze heures. Il coupait, ouvrait, recousait, compressait, essuyait, cautérisait sans s'arrêter, avec des gestes qui devenaient automatiques, s'accordant moins d'une minute pour faire son diagnostic et prendre sa décision d'intervenir ou pas. Célestin avait confié Éliane aux bons soins d'une vieille religieuse dont le visage sec et dur s'était soudain attendri devant cette jeune femme enceinte. Pendant qu'elle se réchauffait d'une soupe brûlante, Louise attendit que Pransieux fît une pause. Le chirurgien finit par écarter le rideau ensanglanté qui protégeait l'autel sur lequel il opérait et, presque défaillant de fatigue, se laissa tomber sur les marches qui descendaient vers l'allée centrale. Il resta ainsi, hébété, les coudes sur les genoux, sans même le courage d'esquisser un geste. Lorsque Célestin s'approcha, il leva les yeux.

— Encore vous ? Qu'est-ce qui vous arrive, cette fois ? C'est votre colonel qu'on a assassiné ?

Célestin lui tendit la lettre de Doussac.

— J'ai besoin d'un certificat médical.

Pransieux parcourut le billet, puis le replia et demanda à voix basse :

— Vous voulez quitter le front ?

— Oui, major.

— Vous m'entendez parfaitement, vous n'avez pas non plus de problème de vue ni de blessure apparente, et vous prétendez souffrir de migraines ?

— C'est exact.

— Moi aussi, figurez-vous, des migraines atroces, comme si on m'enfonçait une lame dans la tête. C'est aussi ce que vous ressentez ?

Célestin préféra jouer la carte de la franchise.

— Il faut que j'aille au bout de mon enquête, major. Le lieutenant Doussac m'accorde trois jours, mais j'ai besoin de votre certificat.

Pransieux hocha la tête, se leva difficilement et, tandis qu'on installait un nouveau blessé geignant sur la table d'opération, se dirigea vers la sacristie.

— Suivez-moi. Et rappelez-moi votre nom.

— Louise, Célestin Louise, répondit le jeune policier en lui emboîtant le pas.

— Vous êtes complètement cinglé, soldat Louise, mais votre folie n'est pas dangereuse : ce n'est pas comme celle des généraux.

Les deux hommes entrèrent dans la sacristie,

pièce sombre aux plafond hauts, envahie de cartons et de caisses pleines de médicaments et de boîtes de compresses. Un placard immense, entrouvert, laissait voir les couleurs brillantes des tenues sacerdotales suspendues à des cintres. Le major se dirigea vers le bout d'un meuble sur lequel traînaient un stylo à encre et quelques feuilles de papier à en-tête du service sanitaire. Il griffonna quelques mots et tendit la feuille à Célestin.

— Si ça peut vous faire du bien…

— Merci, major.

— À propos, il y a quelqu'un qui est passé juste après vous, un cycliste de l'état-major, pour me poser des questions sur votre lieutenant mort. Il voulait savoir pourquoi vous l'aviez apporté ici.

— Et qu'est-ce que vous lui avez dit ?

— La vérité. Je ne sais pas faire autrement.

Célestin mit soigneusement le certificat dans sa poche intérieure.

— Un cycliste… Vous lui avez demandé son nom ?

— D'abord, il m'aurait menti. Ensuite, je m'en fous, j'en ai déjà trop fait pour vous. J'apprécie les gens qui ont une idée fixe, de là à me transformer en inspecteur de police… Adieu, soldat.

Il sortit et disparut de nouveau derrière le rideau qui dissimulait l'autel. Célestin regarda autour de lui cette grande pièce froide où les relents d'iode et d'alcool à 90° n'avaient pas complètement chassé l'odeur de la cire et les effluves d'encens. Dans l'église, un hurlement de douleur vint rebondir sous les voûtes.

CHAPITRE 9

VOYAGES

Le train qui remontait vers Paris transportait surtout des blessés. Il y avait aussi quelques familles qui fuyaient visiblement le front, chargées d'autant de bagages qu'elles avaient pu en emporter. Célestin avait trouvé une place près de la fenêtre sur la banquette d'un compartiment. Éliane avait laissé glisser la tête sur son épaule et s'était endormie malgré les vagissements d'un bébé affamé. Le jeune homme s'efforçait de ne pas bouger pour ne pas déranger le sommeil de sa compagne. De sa main libre, il essuya doucement la buée qui s'était déposée sur la vitre. Par le petit hublot ainsi dégagé, il pouvait apercevoir le paysage d'hiver qui défilait, les champs laissés à l'abandon, quelques fermes, des chemins désolés, parfois un ruisseau qui semblait immobile. Il s'en voulait de n'avoir pas osé demander au médecin-major le signalement du cycliste qui s'était curieusement renseigné sur le lieutenant de Mérange. L'enchaînement des événements commençait à se reconstituer dans son esprit. Le cycliste et l'assassin ne faisaient qu'un seul et même homme. Il avait dû surprendre Célestin à son arrivée à Vailly, quand il tirait derrière lui le corps sans vie du lieutenant. Lorsqu'il avait compris que Célestin faisait une enquête, il avait décidé de le supprimer : un mort de plus en ces temps de guerre, cela ne faisait pas une si grande différence. Il l'avait raté mais il recommencerait. La mort du lieutenant ne devait pas apparaître comme un meurtre. La fonction de cycliste du tueur expliquait pourquoi il était à même de se promener dans les lignes : il pouvait toujours prétendre être en mission, porter un pli ou un ordre urgent. Malgré l'état lamentable des chemins et des boyaux d'accès, il était en mesure de se déplacer au moins deux fois plus vite qu'un biffin chargé de tout son équipement. Il était certainement inscrit aux effectifs du régiment, il devait être possible de le retrouver. À condition d'obtenir la collaboration de l'administration. Une fois de plus, Louise mesura toute la difficulté de cette enquête qu'il menait seul, sans ordre, sans hiérarchie, simplement pour donner un sens à sa présence au milieu du chaos absurde d'une guerre à laquelle il ne comprenait déjà plus grand-chose. Un soldat blessé s'approcha et s'assit en face de lui. Il avait un bras en écharpe et tout un côté de son visage disparaissait sous une bande.

— Tu as une cigarette ?

Il parlait difficilement, la bouche de travers pour bouger le moins possible sa joue abîmée. Célestin sortit son paquet de tabac et des feuilles de papier, il faillit les passer au soldat blessé, se rendit compte juste à temps que l'autre, avec son bras cassé, était incapable de se rouler une cigarette. Il le fit à sa place et tendit la tige un peu tordue au blessé, qui sortit un briquet de cuivre et l'alluma avec satisfaction.

— Tu viens d'où ?

— Soissons.

— Ça a chauffé, par là-bas, à ce qu'on dit.

Célestin acquiesça. Il n'avait pas envie d'engager la conversation avec cet homme abruti par les combats, et envoyé à l'arrière pour guérir des blessures qui n'étaient pas seulement physiques : on pouvait encore lire dans ses yeux des restes de terreur et l'incapacité de voir désormais plus loin que les dix minutes à venir. Mais l'autre voulait parler, c'était plus fort que lui, il fallait qu'il se raconte.

— Moi, j'étais un peu plus haut, vers Arras. Nous aussi, on en a pris plein la gueule. De toutes façons, on peut savoir que dalle, on entend que des bobards, même les officiers sont au courant de rien. Il paraît que les ordres font pas trois lignes : attaquez, repliez-vous, tenez la position, et pour le reste, fermez vos gueules et tâchez de pas vous faire crever la paillasse. Avec ça, t'es bien avancé ! Moi, je vais te dire, je suis pas fâché de quitter les copains. Je suis pas vaillant, mais au moins, je suis encore en un seul morceau !

Il s'interrompit, le temps d'avaler une bouffée de tabac et de la recracher vers le plafond du compartiment, sous l'œil effaré d'un couple de paysans bardés de paniers qui n'osaient pas dire un mot. Il jeta un regard curieux sur Éliane endormie. La jeune fille, que la lumière grise rendait encore plus pâle, fronçait parfois les sourcils au passage d'un cauchemar, ou sursautait sans se réveiller lorsque le mécanicien de la locomotive donnait un coup de sifflet.

— C'est ta femme ?

— Non.

— Ta maîtresse ?

— Non plus. C'est ma sœur.

Le mensonge était sorti d'un coup, parce qu'il ne voulait pas s'expliquer, parce qu'il la voulait près de lui, parce que c'était plus simple comme ça. L'autre hocha la tête, apitoyé.

— Il était temps que tu la sortes de là. Son mari…

— Oui, il y est resté.

— Pauvre mère, ça fait pitié de voir ça, un môme qui va naître orphelin.

Il continuait à regarder fixement la jeune femme. Célestin pouvait presque suivre sur son front bandé la marche de ses pensées. Il avait deviné la suite.

— Comment qu'elle s'appelle ?

— Éliane.

— Elle est mignonne. Faut pas laisser une belle fille comme elle toute seule dans la vie. Si jamais…

— Laisse tomber, elle n'est pas d'humeur.

— Ouais, je comprends. Faut lui laisser le temps.

— Voilà.

Le soldat blessé eut un geste de regret, termina

sa cigarette, l'écrasa par terre sous la semelle de son godillot boueux et se leva péniblement.

— Il y a un collègue qui a un bidon de rouge, au bout du couloir… Alors, à la revoyure.

— Salut. Et bonne chance.

— Faut pas dire ça, ça porte malheur.

Il toucha du bout des doigts une médaille en forme de trèfle à quatre feuilles qui pendait sur sa poche de poitrine. Il examina encore une fois Éliane, esquissa un sourire qui s'aigrit en rictus d'amertume et quitta le compartiment. Célestin regarda à son tour la jeune femme dont il ne voyait que le ventre arrondi et les jambes minces qui se devinaient sous une jupe de laine grise de bonne qualité récupérée dans la maison de ses anciens maîtres. Le voilà avec une petite sœur, lui qui en avait déjà une grande. Il pensa à Gabrielle, elle saurait s'occuper d'Éliane. Et puis ça lui ferait de la compagnie, quelque chose d'autre à penser que la guerre et son artilleur de mari perdu quelque part entre la mer du Nord et la Suisse. Le train ralentissait, Célestin regarda par la fenêtre : on entrait en gare d'Amiens.

Le jeune policier s'était endormi quand le train arriva à Paris. Bercé par le voyage, toute la fatigue accumulée dans les tranchées l'avait noyé dans un sommeil lourd entrecoupé d'images violentes et brèves où s'imprimait fugitivement l'horreur des combats. Il en avait parfois le souffle coupé, puis sa respiration redevenait régulière et, de nouveau, il sombrait dans une totale inconscience. Lorsqu'il ouvrit les yeux, Éliane l'observait. Elle souriait.

— Alors, vous êtes mon frère ?

— Vous ne dormiez pas ?

— J'ai été réveillée par la fumée de la cigarette. Vous avez menti ?

Célestin jeta un coup d'œil aux deux paysans qui se pressaient hors du compartiment, encombrés de leurs paniers et de leurs sacs.

— Vous auriez préféré que je dise : cette jeune femme, engrossée par son patron, occupait illégalement une habitation abandonnée ?

— Non. Mais vous n'étiez pas obligé de vous inventer une sœur. Et à votre famille, qu'est-ce que vous allez dire ?

— Ils ne sont pas curieux. Ma sœur Gabrielle prendra soin de vous, elle ne vous demandera rien.

— C'est donc qu'elle vous aime bien.

— Cela arrive parfois, même dans une famille.

Éliane attrapa le maigre baluchon qu'elle avait emporté. Ils descendirent du train les derniers. La gare n'avait plus, comme au jour de la mobilisation, cet aspect chaotique, effrayant, fait d'excitation, d'angoisse et de cris dont les échos résonnaient sous l'immense verrière. De longs convois de marchandises, wagons de caisses ou de bestiaux, plates-formes d'engins, s'apprêtaient à emporter vers la guerre du ravitaillement, des munitions, des armes, des animaux, autant d'offrandes qu'on allait sacrifier en quantité industrielle sur l'autel de la barbarie. Il y avait beaucoup moins de soldats, principalement des vieux territoriaux qui surveillaient les chargements et, curieusement, quelques fusiliers marins à pompon rouge chargés de maintenir l'ordre. Pour le reste, les trains qui venaient du front déversaient des réfugiés hagards, femmes misérables encombrées d'enfants hallucinés par le voyage, vieux paysans malheureux impressionnés de monter à la capitale, et sans doute quelques escrocs flairant la bonne affaire au milieu de tous ces trafics d'hommes et de biens. Malgré la cohue, le désordre et l'incertitude de leur sort, les gens se retournaient sur le couple improbable que formaient Éliane, la femme enceinte au visage d'enfant, et Célestin, hirsute, encore sale de la guerre, jeune homme vieilli brutalement au feu des combats. Ils trouvèrent un omnibus qui les mena jusqu'à la place d'Italie. En chemin, la jeune femme, qui n'avait jamais quitté sa province, s'étonnait de tout. Lorsqu'ils traversèrent la Seine au pont d'Austerlitz, elle montra du doigt, au loin, les tours de Notre-Dame, gigantesque figure de proue sur le fleuve qui l'encerclait. L'eau grise reflétait le ciel lourd et menaçant.

— C'est beau, Célestin, c'est tellement beau !

C'était la première fois qu'elle l'appelait spontanément par son prénom. Le jeune homme en fut touché. Ils remontèrent le boulevard de l'Hôpital, croisant de rares voitures particulières, quelques taxis, un camion et des cyclistes. Peu d'hommes jeunes. Au croisement de la rue Jeanne-d'Arc, Éliane désigna la vitrine brisée d'un magasin sur l'enseigne duquel avait été peinte maladroitement l'inscription — « ESPION BOCHE ». Comme elle s'en étonnait, un vieil homme assis près d'eux leur expliqua :

— Ce pauvre homme n'était pas plus espion que vous et moi, il avait simplement le malheur de s'appeler Muller. Ils en ont fait autant à des pseudo Italiens ou à des soi-disant Russes. Vous savez comment sont les gens…

Il haussa les épaules et leur fit un petit sourire fataliste. Le chauffeur annonça :

— Place d'Italie, mairie du treizième !

Éliane et Célestin quittèrent l'omnibus et descendirent le boulevard Blanqui. Le soir tombait déjà lorsqu'ils arrivèrent devant la Brasserie de la Reine Blanche. La fabrique débauchait, les ouvriers sortaient, épuisés, la tête basse, une majorité de femmes qui n'avaient même plus la force de parler entre elles. Gabrielle sortit l'une des dernières, emmitouflée dans un châle qu'elle relevait sur sa nuque. Elle ouvrit de grands yeux en reconnaissant son frère.

— Célestin !

Avant toute question, elle se jeta dans ses bras, il la serra contre lui. Après une longue étreinte, elle se dégagea.

— Bon sang, tu piques ! Et tu sens pas bon !

Éliane pouffa. Gabrielle se tourna vers elle.

— Qui c'est, celle-là ?

— Je te présente Éliane. Je l'ai trouvée toute seule au milieu de la guerre, perdue dans une maison…

— Je n'étais pas perdue, interrompit la jeune fille.

— Quoi qu'il en soit, elle ne pouvait pas rester là-bas. Elle attend un enfant.

— J'ai vu. Où tu l'emmènes ?

Célestin prit un air embarrassé, sans répondre. Gabrielle hocha la tête.

— J'ai compris : tu nous la laisses. Bienvenue à Paris, madame...

— Mademoiselle. Mais dites « Éliane ».

— Alors bienvenue, Éliane. On va s'occuper de vous.

Elle se tourna vers son frère.

— Vous venez dîner à la maison? Tu me raconteras la guerre, ici, on ne sait rien, il y a des communiqués qui ne communiquent rien du tout. Ou alors des choses pas croyables, ils nous prennent vraiment pour des truffes. Et j'ai aucune nouvelle de Jules, ce gros cochon prend même pas le temps de m'écrire !

— Je peux pas rester, Gaby, j'ai juste le temps d'attraper le dernier train pour Le Mans à Montparnasse. Et n'en veux pas à Jules, peut-être qu'il t'a écrit, mais ils n'ont pas été fichus d'organiser un service postal qui fonctionne.

— Qu'est-ce que tu vas faire au Mans ?

— Ce serait trop long à te raconter. J'ai peu de temps.

Il embrassa Gabrielle qui le dévisagea longuement, elle aurait eu tant de questions à lui poser, mais le visage mangé de barbe de son frère, son uniforme souillé de boue et de sang, ses ongles noirs de terre et de crasse, ses mains écorchées et calleuses, ses yeux brillants de fatigue, lui en disaient plus qu'elle n'aurait osé demander. Son petit frère revenait d'un enfer dont elle soupçonnait la brutalité aux beuglements avinés des hommes les soirs de paye, et la violence au vacarme métallique des chaînes d'embouteillage de la fabrique qui l'abrutissaient dix heures par jour. Célestin tendit la main à Éliane.

— On embrasse la grande sœur, mais pas la petite ?

Célestin esquissa un sourire et fit deux grosses bises sur les joues d'Éliane.

— C'est quoi, cette histoire de petite sœur ? s'enquit Gabrielle, surprise.

— Éliane te racontera. Prenez soin de vous, toutes les deux.

— Et toi, te fais pas descendre !

Célestin fit un geste de la main aux deux femmes et s'éloigna rapidement vers Denfert-Rochereau. Un court instant, l'image de Joséphine lui traversa l'esprit, il regarda machinalement autour de lui, il vit une silhouette qui lui rappelait sa maîtresse d'une nuit, la jeune femme s'engouffrait dans la station de métropolitain Corvisart. Elle disparut, chassée par d'autres passants. Célestin partit à pied vers la gare Montparnasse, en marchant vite, il en aurait pour une bonne vingtaine de minutes, il arriverait juste à temps pour prendre le dernier train pour l'ouest qui le déposerait au Mans. De là, il se débrouillerait.

Le train était à moitié vide. Hormis des réfugiés qui s'en allaient rejoindre les bribes de famille qu'ils possédaient en Bretagne, il n'y avait dans les compartiments que quelques voyageurs de commerce, un groupe de religieuses, et un couple silencieux formé d'une femme d'une quarantaine d'années et d'une autre, plus jeune, en robe noire, dont le visage disparaissait derrière une voilette. Célestin trouva une place en face d'elles. Elles ne se parlaient pas, un léger tic trahissait la nervosité de la plus âgée. Elle regardait fixement Célestin, détaillant son uniforme sale, sa trogne hirsute, les moindres accessoires de sa tenue. Finalement, n'y tenant plus :

— Vous venez du front, monsieur ?

— Oui, madame.

— C'est du sang, que vous avez là, sur votre manche ?

— Peut-être, je ne sais pas. Du sang, là-bas, il y en a partout.

La femme eut un frémissement et se raidit, comme touchée par un animal effrayant. Sa compagne demeurait immobile et seul l'éclat de ses yeux se distinguait sous sa dentelle noire. Il y eut soudain un remue-ménage dans le couloir. D'un même mouvement, les deux femmes tournèrent la tête vers la porte du compartiment et se reculèrent sur leur siège. Deux gendarmes se présentèrent, massifs et, comparés à Célestin, impressionnants de propreté réglementaire. Leurs ceinturons impeccablement astiqués reluisaient autant que leurs bottes noires.

— Madame Leroy ?

La femme fit un effort pour rester calme et réussit à articuler :

— C'est moi. C'est à quel sujet ?

— C'est à propos de votre fils, madame. Il n'a pas répondu à l'ordre de mobilisation, et nous avons tout lieu de croire qu'il se trouve avec vous dans ce train.

— C'est ridicule, je voyage avec ma nièce, je pensais que mon fils avait rejoint l'armée, je n'ai pas la moindre idée de...

— Votre nièce ? interrompit l'un des gendarmes. Peut-elle relever sa voilette ?

Célestin vit alors la jeune femme se lever d'un bond, se précipiter sur le gendarme, lui couper le souffle en le bousculant d'un coup de tête dans l'estomac et tenter de s'enfuir dans le couloir. Mais elle se prit les pieds dans sa robe et trébucha. Le second pandore la rattrapa sans difficulté, la remit debout et lui arracha sa voilette, découvrant le visage terrifié d'un jeune homme que les atours féminins rendaient à la fois ridicule et touchant.

— Vous êtes Maurice Leroy, n'est-ce pas ?

Le jeune homme acquiesça. La mère, affolée, se leva et se précipita vers son fils. Le gendarme qui reprenait son souffle l'arrêta d'un bras.

— Qu'est-ce que vous allez lui faire ?

— Votre fils est porté déserteur, madame. Nous allons le remettre aux autorités militaires.

— Mais vous voyez bien qu'il ne peut pas faire la guerre, il est incapable de tuer qui que ce soit, ou de se servir d'un fusil !

Elle se tourna vers Célestin.

— Mais dites-leur, vous qui arrivez de là-bas,

dites-leur qu'on n'a pas besoin de gens comme Maurice...

— Essayez de trouver quelqu'un au ministère, madame, c'est le seul conseil que je puisse vous donner. Pour le reste, une fois sur place, on a vite fait d'imiter les autres et de devenir un tueur.

Mécontent, suspicieux, le gendarme qui avait interpellé le jeune homme s'adressa à Louise.

— Et vous, qu'est-ce que vous faites ici ? Vous avez vos papiers militaires ?

Le jeune policier exhiba ses papiers et le sauf-conduit signé du médecin-major. Le brigadier les examina longuement avant de les rendre à Célestin. On pouvait lire dans son regard le mépris qu'il avait pour celui qu'il considérait comme un tire-au-flanc. Madame Leroy avait attendu, espérant qu'il se passe quelque chose. Voyant que Célestin se rasseyait près de la fenêtre et que l'autre gendarme emmenait son fils, elle se remit à crier, à explorer, à supplier, en vain. Le train s'arrêtait à Chartres, les deux gendarmes descendirent avec le jeune homme travesti dont la dégaine attirait tous les regards. Collée à la vitre, effondrée, sa mère le regardait s'éloigner vers la gare.

— Qu'est-ce qui va lui arriver ? Qu'est-ce qu'ils vont lui faire ?

— L'envoyer le plus vite possible au front, madame, sans doute dans un bataillon disciplinaire.

— Mais il va se faire tuer !

À cela, Célestin n'avait rien à répondre. Il comprenait sans l'approuver la dérobade désespérée du jeune homme, mais il en avait déjà tant vu mourir, éventrés, égorgés, éparpillés dans l'air, fendus en deux ou simplement gris et froids, à bout de leur sang, crispés sur une blessure affreuse, qu'il lui était devenu impossible de s'attacher, si peu que ce fût, à un destin particulier. Il avait constaté qu'au fur et à mesure qu'on colmatait les brèches énormes faites dans les rangs du régiment par des nouveaux venus, une sorte d'indifférence s'était installée. On devenait camarades de souffrance, solidaires au combat, mais ça s'arrêtait là, on savait trop bien que le copain de tranchée pouvait se transformer d'une minute à l'autre en un bout de chair sanguinolente, et qu'on n'aurait pas le temps de s'apitoyer, à peine celui de l'enterrer. La dame resta silencieuse, perdue dans des pensées inquiètes. Et puis, d'un coup, elle se remit à accabler Célestin de questions, il fallait qu'il explique tout, l'emploi du temps, les armes, les attaques et les relèves, la vie dans la tranchée, les officiers… C'est ainsi qu'il en vint à évoquer Paul de Mérange, son lieutenant mort. Il vit son interlocutrice devenir pâle et ouvrir de grands yeux.

— Vous avez connu Paul de Mérange ?

— J'étais sous son commandement, madame. Vous aussi, vous le connaissiez ?

— Je viens d'apprendre sa mort, monsieur, et je vais soutenir sa veuve, qui est une grande amie à moi, Claire de Mérange. Nous étions ensemble en pension et nous ne nous sommes jamais perdues de vue. Je voulais en profiter pour mettre mon fils à l'abri. Il faut absolument que vous passiez la voir.

— C'était bien mon intention, madame. Elle réside bien au lieu-dit La Teisserie ?

— Oui, c'est un hameau à une trentaine de kilomètres du Mans. Mais je sais qu'elle est accablée par le chagrin. Il faudra mesurer vos paroles.

Célestin acquiesça. Il se remémorait la lettre de Claire de Mérange, ses phrases distantes qui n'évoquaient ni l'inquiétude, ni la tristesse, mais plutôt une certaine amertume. Mais sans doute la mort de son mari lui avait-elle révélé la profondeur et la permanence de ses propres sentiments. Le jeune policier savait déjà que les liens entre deux êtres sont souvent mystérieux, à commencer pour eux-mêmes.

— Pensez-vous que je puisse trouver dans les environs un hébergement pour deux nuits ?

— Je demanderai à Claire de vous recevoir, elle ne refusera pas. Et puis, vous avez traversé la France pour lui parler de Paul.

Madame Leroy considéra avec embarras l'uniforme dévasté et la tenue désordonnée de Célestin.

— Elle vous prêtera aussi un habit, votre uniforme a besoin d'être nettoyé.

Louise, qui souffrait encore de la morsure des poux, se sentit gêné. Il comprit tout ce que sa visite pouvait avoir d'absurde, et combien le théâtre de la guerre était loin des préoccupations de l'arrière et obéissait à d'autres lois, à d'autres priorités, à d'autres certitudes. Il détourna les yeux et s'absorba dans la contemplation du paysage hivernal sur lequel le soir avait déjà jeté un voile gris. Le rouge lui était monté aux joues.

— Nous ne nous sommes pas présentés. Je m'appelle Hortense, Hortense Leroy.

— Célestin Louise.

Un peu maladroitement, ils se serrèrent la main. Elle expliqua qu'elle habitait une petite maison au Vésinet, près de Paris, avec son fils Maurice, ils vivaient des rentes que leur avait laissées son défunt mari, mandataire aux Halles. Célestin hésita un moment puis finit par annoncer qu'il travaillait à la préfecture de police, sans préciser sa fonction exacte. Hortense Leroy le félicita d'être fonctionnaire, c'était un choix rassurant dans cette époque troublée. L'image de son fils emmené par les deux gendarmes lui revint à l'esprit.

— Vous ne connaissez personne, à la préfecture, qui pourrait nous aider ?

— La préfecture n'a rien à voir avec l'armée, madame. Mais je pense qu'après toutes les offensives de ces derniers mois, il va y avoir un peu d'accalmie sur le front. Votre fils aura le temps de s'habituer.

— S'habituer... Vous pensez qu'on s'habitue ?

— Je n'en sais rien !

Sa voix avait claqué sèchement dans le compartiment, il avait presque crié. Toutes les images du front s'étaient bousculées dans sa tête, il ne s'était pas habitué, lui, et il espérait bien qu'il ne s'habituerait jamais. Hortense Leroy, surprise, le regardait avec incrédulité. Il s'excusa, prétextant la fatigue, l'épuisement nerveux. Après cet incident, Hortense ne lui demanda plus rien. Ils échangèrent quelques banalités sur le voyage, sur le confort du train et la nuit qui tombait. Dehors, la traînée jaune d'une lumière traversait parfois la vitre. Puis il y eut une rangée de réverbères, le train ralentit : ils étaient au Mans.

Célestin se chargea complaisamment des bagages d'Hortense, en fait une énorme valise qu'il était obligé de porter à deux mains. Sa compagne s'était étonnée qu'il n'eût rien avec lui, pas même un petit baluchon de linge. Il lui expliqua qu'il avait laissé tout son barda au cantonnement, et qu'il partait seulement pour trois jours. Hortense eut une mimique réprobatrice et Célestin comprit encore une fois que l'arrière ne s'était pas mis au diapason de la guerre et que, tout le temps de sa permission, il devrait faire un effort de correction auquel il ne s'était pas préparé. Son enquête était problématique sur le front, elle ne serait pas plus facile ici. Son uniforme, bien loin de lui faciliter les choses ou de faire de lui un héros, gênait. Sur la place, devant la gare, quelques voitures attendaient. Les chevaux ayant été réquisitionnés, elles étaient attelés de mulets, il y avait même une carriole tirée par un vieux bœuf, dans laquelle s'entassèrent en gloussant les religieuses. Deux taxis attendaient le client et, plus loin, un chauffeur à casquette fumait une cigarette, adossé à la carrosserie d'une berline rouge sombre. Hortense se dirigea sans hésitation vers le luxueux véhicule et fit un signe au chauffeur.

— Bonjour, Joseph !

— Bonjour, madame.

Il écrasa sa cigarette et aida Célestin à hisser la valise sur le toit de la voiture. Pendant ce temps, Hortense s'était installée à l'arrière. Joseph remercia le soldat et s'apprêtait à lui serrer la main quand Hortense, se rendant compte du malentendu, expliqua que ce jeune homme venait avec eux. Joseph, trop stylé pour manifester la moindre surprise, s'excusa et ouvrit à Célestin l'autre portière arrière. Le jeune policier s'installa près d'Hortense, la voiture démarra. Tandis qu'ils quittaient la ville pour s'engager dans une campagne qu'on devinait, faite de petits champs et de talus aux arbres nus, Hortense, sans regarder Célestin, reprit la parole :

— Plus j'y réfléchis, monsieur, et moins je comprends le sens de votre visite. Bien sûr, elle fera plaisir à Claire, elle sera heureuse d'entendre parler de Paul, de son comportement au front. Vous aurait-il chargé d'une mission auprès d'elle ?

— Pas exactement, madame. Mais il est vrai que j'étais près de lui quand il est mort.

Hortense lui jeta un regard soupçonneux.

— Claire est mon amie. Ne lui faites pas de mal, et surtout, n'essayez pas de profiter de son désarroi.

— Je ne demande pas à loger chez madame de Mérange, seulement à lui parler.

— C'est bien, gardez votre secret, monsieur. Mais cela ne change rien à ma proposition : je demanderai à Claire de vous héberger. Ce soir, vous dormirez à la Teisserie.

CHAPITRE 10

LA TEISSERIE

La nuit était déjà bien noire lorsque la voiture, quittant la route, emprunta sur la gauche un petit chemin qui descendait entre deux rangées d'arbres. Les phares éclairèrent des traînées blanche de givre, une rivière devait couler en contrebas. Ils dépassèrent une ferme dont la lumière tremblante d'un feu de cheminée éclairait une petite fenêtre. Puis le chemin, suivant une large courbe, parut s'enfoncer dans le sol. De chaque côté, deux levées de terre surmontées de haies serrées barraient toute perspective. Le bruit du moteur, renvoyé de part et d'autre, envahissait l'espace. Cela dura deux ou trois minutes et soudain, comme s'ils sortaient d'un tunnel, tout parut se découvrir et ils s'arrêtèrent devant les grilles d'un vaste jardin. Deux lampadaires éclairaient l'entrée et deux autres, plus loin, le perron d'une grande demeure qui devait bien avoir deux cents ans, et dont un des pignons était flanqué d'une tour ronde. De nombreuses fenêtres brillaient, ils étaient attendus. Un domestique engoncé dans un gros manteau vint ouvrir la grille, la voiture se gara sur la droite du bâtiment. Tandis que Célestin et Joseph descendaient la valise d'Hortense, le domestique referma la grille et s'approcha. C'était un homme longiligne d'une cinquantaine d'années au visage long surmonté d'un crâne chauve. Il portait une lanterne. Il s'appelait Jacques et, avec sa femme Bernadette, qui s'occupait du ménage et de la cuisine, composait tout le personnel du manoir. Il salua Hortense.

— Bonsoir, madame, et bienvenue à la Teisserie. Vous avez fait bon voyage ?

— Excellent, Jacques, excellent.

Le majordome se tourna alors vers Célestin et s'immobilisa, bouche bée, les yeux agrandis de stupéfaction.

— Monsieur Paul ?

De fait, à la lueur insuffisante de la lanterne et dans les reflets qui arrivaient des fenêtres, on ne distinguait que la silhouette de Célestin, et surtout son uniforme. Hortense s'empressa de dissiper le malentendu.

— Je vous présente Célestin Louise, Jacques. Il s'est battu sous les ordres de monsieur Paul.

Le domestique, impressionné, fit un effort pour se reprendre avant d'accompagner les arrivants jusqu'au perron. Il ouvrit la lourde porte arrondie. Ils entrèrent dans un large vestibule au carrelage à damier noir et blanc. Célestin et Joseph posèrent la lourde valise par terre. Un grand escalier partait sur la gauche. Au fond, une porte devait donner sur les cuisines, à en juger par les fumets qui en provenaient. Sur la droite, enfin, la double porte d'un salon brillamment éclairé, dont un des battants était resté ouvert. Une silhouette de femme s'approcha. Elle se découpait en contre-jour sur la lumière vive de la pièce, on pouvait seulement deviner qu'elle portait une robe longue et que sa chevelure abondante se déroulait sur ses épaules. Elle marchait avec grâce, très droite et sans raideur. Sa démarche trahissait toutefois une certaine lassitude. Célestin reconnut Claire de Mérange. Son visage était triste. Elle embrassa Hortense Leroy qui la serra contre elle.

— Ma chérie, comment vas-tu ?

— C'est à toi qu'il faut demander cela, après ce grand voyage.

Claire se tourna vers Célestin et fronça légèrement les sourcils.

— Mais… ce n'est pas Maurice ?

— Ils l'ont arrêté dans le train, ils l'ont retrouvé, je ne sais pas comment. C'est terrible. Monsieur me dit qu'on va l'envoyer dans un bataillon disciplinaire…

Elle avait désigné Célestin, lequel s'inclina devant Claire. Il se sentait pataud, sale et puant devant la beauté de cette femme dont il ne connaissait que les malheurs. Il se présenta.

— Célestin Louise. Votre mari était mon lieutenant. Je l'ai vu… Nous étions l'un près de l'autre quand il est mort.

Claire marqua un temps d'arrêt et fixa le jeune homme.

— Il vous a parlé ? Il vous a confié quelque chose ?

— Non. Il est tombé au cours d'une attaque qu'il dirigeait. Ce n'était ni le lieu, ni le moment pour parler. Et d'ailleurs, il n'en a pas eu le temps.

— Il vous avait parlé de moi ?

— Souvent. On a retrouvé ceci…

Il tendit à Claire la montre du lieutenant. Elle la prit, ouvrit le boîtier, reconnut sa photographie. De nouveau, elle scruta Célestin.

— Vous êtes venu pour cette montre ?

— Je suis venu en souvenir de lui : nous étions heureux de servir sous ses ordres.

Claire referma le boîtier d'un coup sec.

— Vous dormirez ici cette nuit.

— Je vous remercie, madame.

Claire appela Bernadette, la cuisinière et femme de chambre, elle donna les ordres pour donner à Célestin la chambre de Maurice.

— Et peut-être lui faire couler un bain ? ajouta-t-elle avec un vague sourire.

C'était dit sans méchanceté et le jeune homme accepta avec soulagement. La domestique s'éclipsa. Pendant ce temps, Joseph et Jacques avaient monté la valise d'Hortense dans les étages. Celle-ci demanda la permission d'aller également faire un brin de toilette dans sa chambre. Quand elle fut montée à son tour, Célestin et Claire demeurèrent seuls dans le hall. Elle ne le quittait pas des yeux mais lui n'osait pas la regarder.

— Qu'est-ce que Paul vous disait de moi ? demanda Claire.

— Il avait une grande admiration pour vous.

— Une admiration ?

La jeune femme semblait déconcertée, et déçue. Une voix rauque leur parvint du salon.

— Claire ? Alors, qu'est-ce qui se passe ?

— C'est mon beau-frère, le frère aîné de Paul. Venez, je vais vous présenter.

Célestin entra dans le salon à la suite de Claire de Mérange. Quatre grandes fenêtres à croisillons donnaient sur le parc. Un piano à queue occupait la première moitié de la pièce. Au fond, à gauche, un feu brûlait dans une cheminée de pierre au-dessus de laquelle était accroché un large panneau de bois sculpté représentant une scène biblique. À côté de la cheminée s'ouvrait la porte donnant sur la salle à manger où l'on pouvait voir une table dressée avec quatre couverts. Devant la cheminée, une méridienne rouge et quelques fauteuils de cuir. Assis dans l'un d'entre eux, une lourde canne posée contre l'accoudoir, un homme attendait. Il pouvait avoir quarante ans ou un peu plus, il était maigre, le visage tiré par la souffrance, les cheveux déjà blanchissant aux tempes. Il portait un costume gris, une chemise blanche, une cravate noire rehaussée d'une perle. Sa jambe gauche, tordue, rachitique, laissait flotter le tissu du pantalon. Sa bouche mince n'esquissa pas le moindre sourire lorsqu'il serra la main de Célestin.

— Jean de Mérange, mon beau-frère, présenta Claire.

— Beau, c'est façon de parler : il y a bien longtemps que j'ai renoncé à être beau.

Son ton de voix était glaçant et pourtant, lorsqu'il observait Claire, son regard devenait bienveillant, presque tendre. Célestin se sentit soudain terriblement déplacé dans cet univers feutré, confortable, dans lequel personne ne l'avait convié. Il se présenta, Jean de Mérange le toisa, son regard perçant semblait noter les moindres détails de la tenue du jeune soldat.

— Ainsi, monsieur, vous nous arrivez du massacre ?

— Jusqu'ici, j'ai eu de la chance.

— Sommes-nous en mesure de gagner la guerre ?

— Elle sera de toutes façons plus longue que prévu, éluda Célestin.

— Que pensez-vous de ce général Joffre, qu'on nous présente comme un brillant stratège ?

— Je n'en pense rien. La guerre, vue des tranchées où nous nous sommes enterrés, n'a rien de stratégique : on essaie seulement de sauver notre peau.

— Ce qui n'a pas été le cas de mon frère, hélas.

Célestin pressentit qu'on allait déjà l'interroger sur la mort du lieutenant, Claire avait posé sur lui un regard brûlant. Bernadette entra.

— J'ai fait couler le bain de monsieur.

Jean lui fit un geste d'invitation.

— Allez-y, cela vous fera du bien. Prenez votre temps. Profitez au moins de ce moment parmi nous.

Sa dernière phrase avait été dite avec un véritable accent de sincérité. En même temps, l'autorité de son interlocuteur étonnait le policier, il tenait le rôle du maître de maison et cela ne semblait pas déranger Claire outre mesure. Mais la jeune femme, le visage creusé par le chagrin, ne paraissait plus en état de se rendre compte exactement de ce qui se passait autour d'elle. Célestin s'excusa et suivit la domestique. Tout en gagnant la porte, il devinait le regard de Jean de Mérange braqué sur lui. La chambre de Célestin, au second étage, était confortable, un grand lit accueillant occupait tout le mur de gauche, une flambée pétillait dans la cheminée qui lui faisait face. Sur une chaise haute avaient été disposés des sous-vêtements propres, une chemise blanche, un pantalon de velours noir et une veste de tweed. Au pied de la chaise, une paire de bottines impeccablement cirées. Le jeune homme n'avait jamais eu l'occasion de connaître un tel luxe, hormis, fugitivement, en tant qu'enquêteur dans quelques grandes demeures parisiennes. Il s'avança doucement, il craignait presque de faire du bruit. Dans une petite salle de bain adjacente, une grande baignoire pleine d'eau fumante l'attendait. En un clin d'œil, il se débarrassa de ses frusques de soldat qui puaient la merde et le sang, et se laissa glisser avec un bonheur indicible dans le bain.

Le dîner touchait à sa fin. Célestin avait fait honneur au velouté de légumes, à la volaille rôtie accompagnée de champignons, au fromage, au quatre-quart qui suintait le beurre. Le vin de Bordeaux dont il avait essayé de ne pas abuser lui tournait un peu la tête. Claire, mais surtout Hortense et Jean, insistaient sans arrêt pour qu'il reprenne de tout. Ils ne s'étonnaient pas de la présence de Célestin, ils semblaient ne pas se rendre compte de l'extravagance de cette permission qui l'avait amené jusqu'à eux. Le jeune homme avait dû raconter encore la mort de Paul de Mérange, le trou d'obus, le bruit des mitrailleuses, les courses folles des soldats promis à la boucherie, les gerbes de terre, les corps ravagés... Et soudain le lieutenant qui s'abattait à son côté, tué sur le coup. Il assura Claire qu'il n'avait pas souffert. Hortense était horrifiée par le récit du jeune homme, elle ne pouvait s'empêcher d'imaginer son fils au cœur de ce chaos meurtrier. Claire avait cessé de manger et regardait dans le vide. Jean crut bon de changer de sujet et demanda à Célestin ce qu'il faisait dans le civil.

— Je suis inspecteur à la préfecture de police de Paris.

Il y eut un moment de stupéfaction, Claire était brusquement sortie de son hébétude et le regardait bizarrement, Hortense ouvrait de grands yeux et Mérange, après quelques secondes, laissa échapper un éclat de rire.

— Un policier ! Après tout, pourquoi pas ? Il en faut.

Il sortit un étui à cigarettes de sa veste, en offrit une à Célestin qui refusa. L'attitude de cet homme le mettait mal à l'aise. Le repas, trop riche après tous ces mois de guerre, lui pesait sur l'estomac. Il se leva et demanda la permission d'aller se coucher. Claire ne le quittait pas des yeux.

— Je vous en prie. Désirez-vous un café ? Un digestif ?

— Non, je vous remercie. Je crois que j'ai besoin d'une bonne nuit de sommeil.

Il salua ses hôtes et sortit. Comme il passait la porte, il entendit Jean de Mérange qui s'adressait à Claire :

— Ce sont des vêtements de Paul que vous lui avez prêtés, n'est-ce pas ? Cela donne une impression étrange.

— C'est vrai. Je n'en avais pas d'autre. Et Paul, malheureusement...

Elle ne termina pas sa phrase. Hortense lui prit la main.

— Ma chérie... Ma pauvre chérie...

Claire échangea un regard avec Jean, qui écrasa nerveusement sa cigarette dans son assiette.

— La visite de ce type est tout de même étonnante, vous ne trouvez pas ? À moins qu'il ait un message pour vous, quelque chose que Paul aurait laissé...

— Il m'a rendu sa montre.

— Sa montre ?

Jean de Mérange semblait préoccupé. Il prit appui sur sa jambe valide pour se lever, attrapa sa canne posée contre la table et salua les deux femmes.

— Permettez-moi de me retirer à mon tour.

Il s'éloigna en claudiquant. Hortense avait gardé dans la main de Claire dans la sienne.

La Teisserie disposait d'un réseau électrique, probablement couplé sur celui de la briqueterie. Célestin actionna l'interrupteur de sa lampe de chevet, l'éteignant pour ne plus laisser dans la chambre que la lueur du feu mourant. Il avait trop mangé et se sentait malade. Il repensa à la soirée, à ces gens riches qui se parlaient de loin, comme par-dessus un puits, par-dessus l'absence de Paul. Célestin s'était attendu à trouver Claire plus indifférente quand elle semblait dévastée par ce deuil. Jean, lui, s'abritait derrière une façade de cynisme qu'il avait construite sur son handicap. Quant à Hortense, elle ressemblait à un papillon affolé, et paraissait fascinée par Claire qu'elle couvait des yeux. Les domestiques étaient tout dévoués à leur maîtresse et seul Joseph, le chauffeur, semblait un peu déluré. Célestin se leva et traversa la chambre. Une carafe et un verre en cristal avaient été posés sur un guéridon. Il se servit un verre d'eau et l'avala d'un trait. On frappa à sa porte. Sans attendre de réponse, Claire entra. Le jeune homme eut tout juste le temps de se glisser sous les draps : il était nu.

— Qu'est-ce que c'est ?

— C'est moi, Claire de Mérange.

Il ralluma sa lampe de chevet. Claire avait posé sur ses épaules un long châle sombre à motifs floraux qui la vieillissait et accentuait encore la fragilité de sa silhouette. Célestin se surprit à penser qu'elle avait l'air d'une veuve.

— Vous dormiez ?

— Non. J'ai perdu l'habitude de dormir dans des draps.

Il s'était assis dans le lit. Embarrassé d'être torse nu, il remonta sur lui les couvertures le plus haut possible.

— À vrai dire, je ne pensais pas vous demander l'hospitalité. C'est votre amie Hortense qui…

— Elle a bien fait. Hortense est comme une sœur pour moi.

Sa voix était tendue, et il lui avait fallu beaucoup d'angoisse pour enfreindre ainsi les conventions et pénétrer en pleine nuit dans la chambre d'un presque inconnu. Comme si elle avait lu dans ses pensées, elle ajouta :

— Excusez-moi de vous déranger ainsi, mais depuis le départ de Paul, je passe mes journées à l'usine, en compagnie de Jean, et je n'ai pas une minute à moi. Et je voulais savoir.

— Savoir quoi ?

— Vous n'êtes pas là par hasard, monsieur Louise. Vous n'êtes pas venu ici pour me raconter en détail la mort de mon mari, qui doit ressembler à beaucoup d'autres. Et vous êtes policier.

— Pardon, madame… Depuis que je suis arrivé, je ne sais plus si ma démarche a encore un sens. Effectivement, j'ai commencé une enquête sur la mort du lieutenant Paul de Mérange.

— Pourquoi ? Qui vous l'a commandée ?

— Personne : je fais cette enquête pour moi, parce que votre mari a été tué sous mes yeux, d'une balle dans le dos, une balle tirée par un fusil français, et que je veux savoir qui l'a tué.

Claire devint pâle, elle vacilla, faillit tomber, s'appuya au mur. Célestin avait esquissé un geste pour se lever et la soutenir, mais sa nudité l'obligeait à demeurer sous les draps. La jeune femme se reprit.

— Ce n'est pas possible, comment pouvez-vous être certain de ce que vous dites ?

Célestin resta silencieux et ce fut Claire qui baissa les yeux, accablée. Elle murmura, plus pour elle-même que pour le jeune homme :

— Paul, assassiné... C'est invraisemblable... Mais pourquoi... Qui...

Elle s'était mise à marcher de long en large dans la chambre, égarée, perdue.

— Il s'était disputé avec quelqu'un ? Il avait été injuste ? Il s'était fait haïr ?

— Le lieutenant de Mérange était un excellent chef, madame. Sa mort n'a rien à voir avec son commandement.

— Mais alors ?

— Alors je pensais que vous auriez peut-être une idée.

— Ah oui, la vie privée... Un crime passionnel, d'une balle de fusil au milieu du champ de bataille... Vous vous moquez ?

Célestin était de plus en plus embarrassé : il devait interroger cette femme et se trouvait coincé dans le lit, c'était elle qui lui tournait autour et le harcelait de questions. Il décida de tout lui dire.

— Saviez-vous que votre mari avait une maîtresse ?

— Mais... Comment pouvez-vous être au courant de ce genre de choses ?

Elle le regardait, effarée, presque agressive.

— Est-ce que vous pouvez vous tourner quelques secondes ? Je souhaiterais me lever.

Claire le regarda puis finit par comprendre et haussa les épaules. Elle se tourna contre le mur. Célestin se précipita sur les vêtements qu'il avait laissés sur la chaise et enfila en vitesse le pantalon et la chemise qu'il ne prit pas la peine de boutonner. Claire s'était déjà retournée vers lui.

— À quoi rime tout ce cirque ?

Déjà, Célestin avait retiré de sa veste d'uniforme la lettre que Paul de Mérange avait adressée à sa maîtresse. Il la tendit à Claire qui la parcourut et la froissa avec rage.

— Vous vous êtes permis de l'ouvrir ?

— On l'a retrouvée dans les affaires du lieutenant après sa mort. Elle n'était pas encore cachetée.

Claire jeta la lettre au feu qui s'endormait, faisant naître une flamme éphémère. Elle resta ainsi à contempler le foyer, puis parla sans se retourner.

— Laissez tomber votre enquête, monsieur Louise, vous n'aboutirez à rien.

— J'y ai bien pensé. Mais l'assassin de votre mari a essayé également de me tuer, et depuis ce moment-là, j'en fais aussi une affaire personnelle.

Claire, abandonnant la cheminée, s'approcha du jeune homme.

— C'est votre faute, après tout. Et puis vous avez tort. Vous vous trompez du tout au tout, vous vous êtes monté la tête. Quand repartez-vous ?

— Après-demain, en principe.

— Très bien. D'ici votre départ, je ne tiens plus à vous parler.

— Comme vous voudrez.

— La guerre vous a rendu fou, monsieur Louise.

Elle tourna les talons et sortit en claquant la porte. Elle semblait d'autant plus furieuse qu'elle n'arrivait pas à tourner sa colère contre quelqu'un en particulier : son mari la trompait, mais il était mort, et Célestin ne faisait que son boulot de flic, même si personne ne le lui avait demandé. Le jeune homme ôta machinalement ses habits et se recoucha, mécontent, insatisfait. Il ne dormit pas beaucoup cette nuit-là.

Le lendemain matin, Célestin Louise ne trouva personne dans la maison lorsqu'il descendit prendre son petit déjeuner. Il s'était réveillé tard, épuisé par le voyage, le changement d'atmosphère, la nourriture trop riche. Bernadette lui servit un café bouillant, il n'en avait pas bu d'aussi chaud depuis des mois. Il se rassasia de tartines de pain beurré, de confitures de prunes et de gelée de coings et demanda à la domestique où se trouvait madame de Mérange. Elle était déjà partie à la briqueterie, en compagnie de Jean. Lui avait-elle parlé du meurtre ? Et dans ce cas, comment avait-il réagi ? Cet homme infirme, cynique et pourtant sincèrement attentif à Claire, l'intriguait. Célestin n'avait rien à faire dans la grande maison où vaquait le couple de domestiques. Il s'étira, quitta la table et allait sortir lorsqu'une mélodie se fit entendre au piano. C'était un air assez doux dans lequel la main gauche répétait un dessin régulier tandis que la droite plaquait une suite d'accords assez tristes mais très mélodieux. Pour Célestin, qui n'y connaissait rien, c'était ce qu'il appelait de le « grande » musique, celle qu'on apprend dans les conservatoires et qu'on joue dans les concerts classiques. Il passa la tête dans le salon et vit Hortense, de dos, qui s'appliquait à déchiffrer une partition. Elle avait défait ses cheveux qui pendaient librement sur ses épaules, jetant autour d'elle un halo de reflets roux. Elle semblait suffisamment intime avec Claire de Mérange pour s'être fait une opinion sur son mariage avec Paul. Célestin se promit de l'interroger avant son départ. Il quitta la maison tandis qu'Hortense, après une fin de morceau jouée avec retenue, laissait résonner le dernier accord. Dehors, l'air était vif et léger. Les nuages gris de la veille avaient cédé la place à un grand ciel tout bleu. Un soleil d'hiver, encore bas sur l'horizon, jetait une belle lumière dorée sur la campagne alentour. Célestin quitta le parc et reprit le chemin par lequel ils étaient arrivés la veille. Il s'enfonçait et disparaissait à moitié sous une voûte d'arbres que l'automne finissant avait dépouillé de leurs feuilles. De grandes flaques d'eau coupaient la route et Louise, embarrassé dans ses élégantes bottines qu'il ne voulait pas salir, se mit à marcher sur l'herbe, le long du talus.

Après quelques centaines de mètres, on ressortait à découvert. Le jeune homme ne put s'empêcher de repérer les replis de terrain derrière lesquels se protéger d'un tir de mitrailleuse, les emplacements possibles d'une batterie de canons, la meilleure disposition pour une tranchée... Il secoua ces idées absurdes et goûta le silence auquel il n'était plus habitué. Un vague bruit de machines et la fumée qui s'échappait d'une haute cheminée le guidèrent jusqu'à la briqueterie, installée au fond d'une sorte d'ancienne carrière et sur laquelle le visiteur avait une vue plongeante. Composée de quatre bâtiments dont les deux plus grands servaient d'entrepôts, le plus haut abritant les fours et le dernier, plus petit, les bureaux, elle semblait tourner à plein régime. Des hommes et des femmes poussaient des chariots remplis de briques rouges qu'ils entassaient ensuite à l'arrière de camions, d'autres apportaient de longues bûches de bois pour alimenter les fours. Un petit groupe, exténué, transpirant, faisait une pause à l'une des portes en fumant une cigarette. Jean de Mérange traversa la cour pour se diriger vers l'un des entrepôts. Claire sortit précipitamment du bureau, un classeur à la main, et le rattrapa. Ils échangèrent quelques mots, elle ouvrit le classeur, le lui montra, il pointa une page, donna des explications et reprit sa marche. Claire referma le classeur et observa un instant l'infirme qui s'éloignait. Finalement, elle tourna les talons et regagna les bureaux. Célestin décida d'aller faire un tour dans l'usine : il pourrait toujours prétexter la curiosité, ou qu'il s'était perdu. Il descendit le chemin qui aboutissait à la carrière. Vus d'en bas, les bâtiments étaient plus impressionnants et donnaient une idée plus exacte de l'importance de la fabrique. Louise se dirigea vers les fours dont la cheminée semblait se perdre dans le ciel. Il voulait retrouver l'endroit où les ouvriers venaient fumer leur cigarette. Une voix derrière lui cria :

— Monsieur de Mérange ! Monsieur de Mérange !

Il se retourna et vit un contremaître courir vers lui, puis s'arrêter brusquement, le visage décomposé.

— Mille pardons, monsieur, je... Ces vêtements...

— Je sais, on me les a prêtés. Je ne suis pas Paul de Mérange : il a été tué au front.

— Oui, c'est ce qu'on nous a dit, mais...

L'homme s'interrompit, salua Célestin et s'éloigna. Cet incident étrange montrait au moins que Paul de Mérange avait été apprécié de son personnel, comme il l'avait été de ses soldats. Le policier fit le tour du bâtiment et parvint à la petite porte au moment où l'un des ouvriers qui avait terminé sa pause écrasait sa cigarette et s'apprêtait à reprendre le travail. Célestin l'aborda, à l'évidence, lui aussi reconnaissait les habits, mais il ne fit aucune remarque. Le policier se présenta comme un compagnon d'armes de Paul de Mérange. Son interlocuteur était un ancien, qui avait passé l'âge de partir à la guerre. Il ne fit pas de difficulté pour parler, il paraissait désabusé.

— Ça fait drôle, tout de même, de voir toutes ces femmes à l'usine. Et puis, je n'ai pas peur de le dire, je préférais monsieur Paul comme patron.

— Pourquoi ?

— Ce n'est pas que son frère soit méchant, mais il est bizarre, on ne sait jamais ce qu'il pense. Cela dit, avec sa patte folle, c'est vrai qu'il ne doit pas s'amuser tous les jours. Ça doit porter sur le caractère.

— Mais quand Paul était encore là, quel était son rôle ?

— C'est monsieur Paul qui prenait toutes les décisions importantes. Monsieur Jean s'occupait surtout des comptes, de tout ce qui était financier.

— Ils s'entendaient bien ?

— Pour nous, il n'y avait pas de problème. Maintenant, on n'est pas dans le secret des dieux !

— Et Claire de Mérange ?

— On ne la voyait pratiquement pas avant la guerre. Mais depuis la mort de monsieur Paul, elle tient à faire sa part de boulot. Je lui tire mon chapeau. Bon, faut m'excuser, je dois retourner au turbin.

Il allait rentrer dans l'atelier quand il ajouta :

— Et si vous voulez mon avis, je crois que monsieur Jean n'est pas mécontent de l'avoir près de lui.

Il referma la porte derrière lui. La cheminée exhala un lourd nuage de fumée. Embarrassé par les vêtements qu'il portait, Célestin se dépêcha de quitter la briqueterie. Un groupe de femmes se mit à rire à son passage.

Comme il revenait vers le manoir, Célestin aperçut la ferme devant laquelle ils étaient passés le soir précédent. Une grange pleine de foin faisait face au bâtiment d'habitation que jouxtait une étable. Dans la cour, un abreuvoir et une fosse à purin. Célestin ne vit personne mais un filet de fumée blanche s'échappait de la cheminée du toit. Il s'approcha. Un petit appentis avait été dressé contre le pignon de l'étable. On y avait entassé du bois, soigneusement rangé par grosseur décroissante, avec des fagots de branchages sur le dessus. Mais sur la gauche, dans l'espace resté libre, une bâche protégeait un engin dont le jeune policier apercevait les reflets métalliques par les interstices. Il fit quelques pas et souleva la bâche pour découvrir une bicyclette, à bien y regarder, un vélo de compétition. La bécane était très bien entretenue, sa chaîne luisante de graisse, son cadre sans un seul point de rouille. Qui pouvait bien se passionner pour ce sport au point de posséder un vélo de ce type ? À moins que la famille de Mérange organisât des courses… Un léger bruit alerta le policier. Il se retourna juste à temps pour éviter le manche de fourche qui lui frôla le crâne avant d'exploser une vieille jarre en grès. Célestin ne laissa pas à son agresseur le temps d'armer un second coup, il bloqua la fourche des deux mains, déséquilibra son adversaire et, d'un balayage du pied, le fit tomber par terre. C'était un paysan d'une cinquantaine d'années, petit, costaud, râblé, le regard fuyant sous la visière d'une casquette délavée. Célestin lui posa la fourche sur la gorge, l'autre essayait de la repousser de la main mais le jeune homme tenait bon.

— Pourquoi vouliez-vous m'assommer ?

— Je vous avais pris pour un rôdeur. On a eu trop d'histoires, par ici.

— Pour un rôdeur ? Avec ces vêtements que vous devez reconnaître, non ?

L'homme resta silencieux.

— C'est quoi, ce vélo ?

— C'est à moi.

— À vous ?

Célestin relâcha sa prise et le paysan se releva péniblement. Il était de toute évidence trop petit pour la taille du vélo.

— Vous en faites souvent ?

— Des fois.

Célestin jeta encore un coup d'œil au vélo puis laissa retomber la bâche.

— C'est une belle machine. Vous l'avez depuis longtemps ?

— Un an ou deux.

— Un an ou deux ans ?

— Un an et demi.

— Vous faites des courses ?

— Oh non, j'ai pas le temps pour ça.

Le fermier se tut. Il observait Célestin en plissant les yeux. Le jeune homme comprit qu'il n'obtiendrait rien de plus, même en insistant. Il lui rendit la fourche.

— Je suis un invité de madame de Mérange.

— Excusez-moi, si j'avais su…

Le ton de l'homme était forcé, il n'avait pas

l'habitude de mentir. Célestin le salua d'un signe de tête et s'éloigna. Mais dès que la ferme eut disparu derrière le rideau d'arbres qui bordait le chemin, il revint discrètement se poster à l'abri d'un bosquet. D'où il était, il voyait très distinctement la ferme et l'appentis attenant. Au bout de quelques instants, il vit le fermier revenir, sortir le vélo de sous la bâche et le pousser jusqu'à l'orée de la forêt qui s'étendait derrière le bâtiment. Louise s'engagea à son tour dans le bois, empruntant un sentier à peine tracé légèrement en surplomb du chemin où s'avançait le paysan. Celui-ci, après avoir jeté quelques regards en arrière et s'être assuré qu'il n'était pas suivi, marchait désormais d'un bon pas. À la première croisée, il prit à droite puis sur la gauche, une sente herbeuse qui menait à une petite cabane rudimentaire munie d'une minuscule fenêtre et dont le toit laissait passer un tuyau de poêle. Après un dernier coup d'œil alentour, le fermier ouvrit la porte d'un coup sec et balança le vélo à l'intérieur. En se retournant, il se trouva face à Célestin. Il voulut le bousculer, mais le jeune homme esquiva, lui attrapa le bras et le lui tordit dans le dos.

— Alors, il est à qui, ce vélo ?

L'homme, effrayé, n'essaya même pas de résister.

— C'est celui de Kerivin.

— Kerivin ?

— Oui, Noël Kerivin, le garde-chasse des Mérange.

Célestin relâcha sa prise.

— Qu'est-ce qu'il fait là ?

— Il me l'a confié en partant à la guerre.

— Il est parti quand ?

— Il s'est engagé un peu après monsieur Paul.

— Le garde-chasse ? Il s'est engagé dans l'année ?

— Sans doute qu'il aurait reçu sa mobilisation un jour ou l'autre, lui aussi. Mais il arrivait de Bretagne, on n'a jamais su exactement pourquoi il en était parti. Il maraudait dans le coin, avec son vélo comme seule fortune, et un jour, monsieur Paul en a eu marre de le voir traîner de droite et de gauche, il lui a proposé de travailler pour lui. L'autre, qui vivait comme il pouvait, a pas dit non, il avait même sa petite cabane dans la forêt. Moi, il m'a confié sa machine, il avait peur qu'elle s'abîme dans les bois.

— Et pourquoi tu t'en débarrasses ?

D'instinct, Louise avait retrouvé ce tutoiement qu'il employait toujours avec les malfrats.

— Parce que je suis pas censé le garder, et que ça devient trop compliqué, cette affaire.

— Tu sais qui je suis, alors ?

— Vous êtes un flic, vous étiez avec monsieur Paul. C'est Bernadette qui me l'a raconté quand elle est venue chercher ses œufs.

— Et pourquoi tu n'es pas censé garder le vélo ?

— Parce que Kerivin doit pas revenir ici, ordre de monsieur Jean, il a eu trop d'histoires avec lui.

— Quelles histoires ?

— D'abord, il devenait brutal quand il avait bu, et il buvait souvent. Et puis il a failli avoir de gros problèmes quand la petite Jambrot a disparu.

— Qu'est-ce qui lui est arrivé, à cette petite?

— Une petite de dix ans, on l'a retrouvée étranglée et violée au bord d'un chemin, vers la Nouée Verte. Ça en a fait, du scandale! Évidemment, Kerivin a été le premier soupçonné, mais monsieur Jean s'est porté garant pour lui, il a juré que la nuit du crime, il l'avait accompagné à l'autre bout du canton pour piéger des braconniers. L'affaire a été classée.

Il était clair, au ton du paysan, que l'affaire était, pour lui, loin d'être classée.

— Et Paul de Mérange, comment a-t-il réagi?

— Il était déjà mobilisé.

Célestin, pensif, enregistrait toutes ces informations quand son regard tomba de nouveau sur le vélo.

— Ce vélo, à la fin, c'est pour quoi faire?

— Kerivin est un ancien champion, un vrai, ça, on ne peut pas lui enlever! Il est même arrivé deuxième de Terron, dans le Paris-Brest, il y a dix ans. Il faisait encore une virée dans le coin, de temps en temps.

— Il doit revenir le chercher?

— Oui, il m'a donné un peu d'argent pour le garder. Mais je devais rien dire à personne.

Célestin en savait assez. Les pièces du puzzle commençaient à se mettre en place.

— Si tu veux mon avis, il y a peu de chances que Kerivin revienne.

Il laissa le paysan et remonta doucement vers la

Teisserie. L'heure de midi approchait. Il vit la grosse voiture des Mérange déboucher de la route de l'usine et se diriger vers la maison. Un changement de vitesse à la main avait été aménagé sur le côté afin que Jean puisse conduire malgré sa jambe infirme. Comme il longeait la haie, il surprit des éclats de voix. Du coin de la grille, il aperçut Claire et Jean qui montaient le perron en se disputant.

— Tais-toi, Jean, je ne veux plus t'entendre et je ne veux plus te parler !

— Il faut pourtant que tu saches la vérité, Claire. Paul avait détourné beaucoup d'argent...

— Tais-toi, je t'en supplie ! Et ne parle surtout pas de Paul !

Ils entrèrent, la lourde porte se referma sur eux. Célestin traversa la cour d'entrée et grimpa le perron à son tour. La grande maison, frappée de plein fouet par le soleil rasant, claquait de toutes ses pierres blanches. Un instant, le jeune homme imagina Paul de Mérange, sanglé dans son bel uniforme de lieutenant et saluant sa femme avant de partir se faire tuer. Il se demanda qui pouvait être sa maîtresse, probablement une femme d'un village voisin, ou même du Mans, jeune veuve, demi-mondaine ou épouse délaissée d'un quelconque notable. Une femme qui lui coûtait cher. Il sonna à la porte, Jacques vint lui ouvrir, le repas allait être servi.

Le déjeuner fut glacial. Claire grignota l'entrée et se retira dans sa chambre. Jean de Mérange ne dit pas trois mots. Hortense essaya de parler de musique, puis des domestiques, puis du repas, enfin de son fils, sans grand succès. Finalement, Mérange expédia le dessert et repartit à l'usine. Hortense et Célestin restèrent en tête-à-tête tandis que Bernadette leur servait les cafés.

— C'était beau, votre morceau de piano, ce matin. Je n'y connais pas grand-chose, mais j'ai apprécié.

— Je vous remercie. Ce n'était qu'un simple prélude de Bach.

— Ah… Je ne voudrais pas me mêler de ce qui ne me regarde pas, mais les rapports se sont tendus entre madame de Mérange et son beau-frère. Vous savez pourquoi ?

— Ne faites pas l'hypocrite, monsieur le policier. Vous avez parlé à Claire hier soir, je l'ai vue entrer dans votre chambre, et depuis, elle est toute retournée, elle qui n'était déjà pas vaillante. Alors c'est vous qui allez me dire ce qui s'est passé. Que lui avez-vous annoncé ?

— Son mari a été assassiné.

— Il est mort à la guerre, c'est un drame, ce n'est pas une nouvelle.

— Vous ne comprenez pas : il n'a pas été tué par un Allemand, il a reçu une balle dans le dos tirée par un Français.

Hortense, choquée, reposa la tasse qu'elle allait porter à sa bouche. Elle regardait Célestin avec un mélange d'incrédulité et de dégoût.

— Vous êtes sûr de ce que vous dites ?

— De plus en plus certain, même si Claire de Mérange refuse de me croire.

— C'est ce qu'elle prétend peut-être, mais elle est tout de même bouleversée. Et qui a tué Paul ?

— Il est trop tôt pour le savoir. Monsieur de Mérange était-il heureux, ici ?

Hortense eut un petit sourire triste et leva les yeux au ciel.

— Quelle question ! Il avait tout fait pour séduire Claire, elle était très amoureuse de lui. Et puis, pour aller au fond des choses, Claire de Brézins, c'est son nom de jeune fille, était un excellent parti : ici, tout lui appartient, la Teisserie, les fermes et surtout la briqueterie que son père avait créée. Cela m'a brisé le cœur de voir ma petite Claire tomber dans le panneau.

— Vous voulez dire que Paul de Mérange n'était qu'un coureur de dot ?

— Ce n'est jamais si simple. Elle lui plaisait, Claire est très jolie, et Paul aime les jolies femmes. Mais il n'avait pas de cœur. Il n'a pas fallu six mois pour qu'il prenne une maîtresse.

— Vous étiez au courant ?

— Qui ne l'était pas ? Paul ne pensait qu'à lui, qu'à son plaisir. Comme tant d'hommes.

Hortense s'était curieusement exaltée, sa voix s'était haut perchée.

— Claire se remettra de la mort de son mari, et sa vie recommencera, elle le mérite.

Sur cette phrase prémonitoire, Hortense quitta la table et disparut au salon. Bientôt se mit à résonner un air de piano, plus enlevé que celui de la matinée, une valse. Célestin se leva à son tour et, quelque peu désœuvré, décida d'aller faire une sieste. Il avait désormais une vue assez précise de l'ensemble de l'affaire et savait que l'assassin était loin, là-bas, sur le front, en liberté et, si les obus allemands l'avaient épargné, en vie. C'était un homme dangereux qu'il allait pourtant devoir affronter pour apporter à Claire la preuve qui lui manquait, et préserver la jeune femme de dangers ultérieurs. Le jeune policier montait vers sa chambre quand, sur le palier du premier étage, il croisa Claire. Elle l'arrêta.

— J'ai été injuste avec vous, monsieur, et je devrais plutôt vous remercier de ce que vous faites. Pourtant, je n'en ai pas envie. Je vous demande néanmoins, lorsque vous aurez découvert toute la vérité, de revenir m'en informer. Ne m'écrivez pas : venez.

Célestin resta un instant face à cette femme qui masquait avec dignité son désarroi, il contempla ses yeux pâles de chagrin, sa silhouette mince, il pouvait sentir la tension qui la faisait trembler légèrement. Un instant, il eut envie de la prendre dans ses bras, pour la consoler, pour lui donner du courage. Il esquissa un sourire.

— Je vous le promets.

Au dîner, ni Jean, ni Claire ne se montrèrent. Hortense, silencieuse et préoccupée, mangea du bout des lèvres et se retira. Célestin se retrouva seul dans la grande salle à manger, face à un grand tableau de maître, un paysage bucolique où deux pèlerins se désaltéraient au bord d'une petite rivière qui serpentait au milieu de grasses prairies tandis qu'au loin fumaient les cheminées de petites fermes ravissantes. Il passa ensuite au salon et s'absorba dans la contemplation du feu, s'attachant à savourer ses derniers moments de paix. Bernadette, comme pour lui rappeler que la guerre l'attendait, vint lui apporter son uniforme soigneusement nettoyé. Il se leva, le mit sur son bras et rejoignit sa chambre. En arrivant au premier étage, les accents étouffés d'une conversation lui parvinrent. La porte d'une chambre était restée entrouverte. Il s'approcha, conscient de son indiscrétion, mais incapable de résister à la tentation de surprendre une bribe de secret. Par l'entrebâillement, il aperçut Claire de Mérange étendue sur une méridienne, sa tête reposant sur les genoux d'Hortense qui la dévorait des yeux.

— Tu peux faire ce que tu veux, Claire, murmurait Hortense, tout t'appartient de nouveau, maintenant.

— Sans doute, mon amie, mais je me sens si lasse… si lasse…

— Je vais rester près de toi, je ne te laisserai pas. Tu ne peux pas demeurer seule après ce que tu viens d'apprendre.

Et disant ceci, Hortense caressait les cheveux dénoués de Claire qui ferma les yeux et s'abandonna aux mains de son amie. Hortense, doucement, se mit à déboutonner la robe. Célestin, troublé, s'arracha à la fascination qu'il éprouvait pour ces deux femmes alanguies et se retira sans un bruit.

CHAPITRE 11

L'ASSASSIN

Il faisait encore nuit lorsque Joseph démarra la grosse automobile pour reconduire Célestin à la gare du Mans. Un froid vif et humide annonçait les premières neiges. Célestin, emmitouflé dans sa capote et frissonnant de sommeil, descendit les marches du perron. À l'exception de Bernadette, qui lui avait servi un bon café brûlant, il n'avait vu personne : ni Claire, ni Jean de Mérange n'avaient cru bon de le saluer. Jusqu'au bout, il se serait senti un intrus dans cette imposante demeure peuplée de gens riches qui l'avaient accueilli du bout des lèvres et qu'il avait dérangés. Il avait été celui par qui le scandale arrive. Avant de monter à l'arrière de la voiture, il se retourna et vit l'une des fenêtres s'éclairer au premier étage. Une silhouette de femme se découpa fugitivement sur la vitre, le jeune homme eut tout juste le temps de reconnaître Claire. L'ombre disparut aussitôt. Célestin referma la portière, la voiture démarra, il furent bientôt en pleine campagne. Il dormit jusqu'au Mans. Le voyage de retour lui sembla très rapide. Il ne s'attarda pas à Paris, sa permission se terminait le soir même, il avait tout juste le temps de rentrer. Le métro aérien le conduisit à la place d'Italie. En passant au-dessus du boulevard Blanqui, il eut une pensée pour sa sœur Gabrielle et pour la jeune Éliane. Ces deux-là devaient s'entendre à merveille. Mais que dirait Jules en rentrant et en découvrant une seconde femme à la maison ? Il serait toujours temps de s'en occuper à la fin de la guerre. Le pauvre Jules était-il seulement encore en vie ? Célestin se remémora leur dernier dîner, le jour de la mobilisation. Dans les illusions du départ, qui aurait pu prévoir la brutalité des combats, la violence des bombardements ? Cette guerre ne ressemblait à aucune autre, il restait seulement à espérer que ce serait la dernière et que l'enfant d'Éliane vivrait pour la paix. La ligne de métropolitain numéro cinq avait été récemment prolongée jusqu'aux gares. Célestin descendit à la gare de l'Est. De nouveaux appelés s'entassaient dans les trains, mais il n'y avait plus de fleurs aux fusils, seulement des visages graves et conscients que la bataille de la Marne avait sauvé in extremis le pays de la catastrophe, et qu'il fallait maintenant reconquérir le terrain perdu. Le jeune policier se tint à l'écart de ce nouveau contingent, il n'avait pas envie de parler. Il avait également besoin de réfléchir à la meilleure façon de mettre la main sur Kerivin. Car, pour Célestin, il n'y avait plus aucun doute : c'était bien l'ancien champion cycliste qui avait tué Paul de Mérange et lui avait ensuite tiré dessus, lorsqu'il avait commencé son enquête. Mais il y avait quelqu'un derrière cet assassin. Claire ? Jean ? Hortense ? Une maîtresse jalouse ? Ou quelqu'un d'autre pour qui le retour de Paul à la Teisserie était insupportable ? Et si tout cela n'avait été qu'une histoire d'argent ? Après tout, la briqueterie tournait à pleine régime et représentait une jolie fortune. Paul disparaissant, Claire, malgré sa force de caractère, devenait une proie facile dans un monde bouleversé par la guerre. Peut-être aurait-il dû la mettre en garde avec plus d'insistance ? Il y avait aussi la possibilité que Kerivin, d'une façon ou d'une autre, se sentît menacé par Paul de Mérange. Peut-être à cause de la petite fille étranglée ? À l'arrêt à Chartres, Célestin acheta à un vendeur ambulant un morceau de pain et un bout de fromage. Un soldat éméché vint s'affaler à côté de lui et lui proposa de partager son litron de vin rouge.

— Alors, toi aussi, ils t'ont appelé ?

Célestin préféra mentir et acquiesça. L'autre, repérant le numéro de son régiment cousu à son col de veste, lui demanda où se trouvait le 134e.

— Du côté de Soissons.

— Je suis jamais allé par là, et toi ?

— Non plus.

Le soldat s'enfila une bonne rasade de rouge et regarda le ciel gris à travers la buée de la vitre.

— Il va pas faire chaud, là-haut. Tu fais quoi, toi, dans le civil ?

— Je suis flic.

Célestin avait lancé sa phrase avec une pointe d'agressivité. Son interlocuteur vacilla, se rattrapa à sa bouteille et finit par conclure :

— Il en faut, c'est comme tout. Bon, à la revoyure.

Il préféra changer de compartiment. Ce fut le seul incident du parcours.

L'hiver avait engourdi les hommes. Les généraux, inquiets de voir la guerre s'enliser, lançaient continuellement des offensives meurtrières vouées à l'échec, sans parvenir à bouger la ligne de front. Les bataillons, soudés par les massacres de septembre, avaient fait naître des amitiés que cimentait la routine des relèves. Les croix de bois, au pied desquelles on enterrait dans une bouteille le nom du mort, commençaient à former d'interminables alignements. Les plus optimistes parlaient d'un armistice à l'été 15, la plupart n'en disaient plus rien. En traversant l'arrière pour remonter vers le front, Célestin se rendit compte qu'un semblant d'organisation avait été mis en place pour faciliter le ravitaillement en obus et en canons de 75, ainsi que l'approvisionnement des roulantes. C'était l'alcool qui circulait le plus facilement. Le courrier commençait à partir pour les familles, la censure filtrait les lettres les plus déprimantes. Le 134ᵉ d'infanterie n'avait pas bougé. Il venait d'épauler les tirailleurs du 45ᵉ, des troupes d'élites, pour tenter de reprendre une butte qui servait d'observatoire aux artilleurs allemands. L'attaque avait été une vraie boucherie. La section de Célestin ne s'en était pas mal sortie, elle n'avait perdu qu'un tiers de son effectif. Flachon s'en était tiré avec une éraflure au bras, Fontaine et Peuch étaient sains et saufs et le petit lieutenant Doussac avait manifesté au milieu des balles un courage de vieux briscard.

— La veine du débutant, avait commenté Flachon.

Ils étaient de nouveau en deuxième ligne, regroupés autour des braseros, méconnaissables sous les écharpes qui enveloppaient leurs visages mangés de barbe et les épaisses peaux de mouton passées par-dessus leurs capotes. Le petit groupe de copains fit un accueil chaleureux au jeune policier. Flachon lui donna une grande claque dans le dos.

— V'là notre détective de retour ! Alors, à qui que tu vas passer les menottes, commissaire ?

— À toi si tu m'appelles encore commissaire.

Célestin salua aussi Peuch et Fontaine, se fendit de quelques plaisanteries rituelles et trouva Germain Béraud accroupi dans un coin, en train de ciseler une douille d'obus pour en faire un vase. Il avait un coup de main précis et suivait sans hésiter les courbes de son imagination, dessinant en relief un motif de feuilles et de fleurs.

— C'est pour offrir à ta mère ?

— J'ai pas de mère, j'ai pas de sœur, j'ai pas de femme, je fais ça juste pour passer le temps.

Germain avait dit ça sans regarder Célestin. Il releva la tête et le reconnut. Il posa son burin et se leva.

— Pourquoi tu te lèves ?

Béraud se rassit, ses yeux souriaient.

— Alors, vous voilà revenu ?

— Tu vois bien.

Célestin s'assit près de Germain, roula deux cigarettes. Ils se mirent à fumer.

— Vous avez trouvé ce que vous cherchiez ?

— En partie, oui. Il faut qu'on mette la main sur un nommé Kerivin, Noël Kerivin, un Breton qui a été mobilisé comme cycliste de liaison. Si on a de la chance, il est toujours dans le secteur.

— Vous appelez ça une chance ? Une chance de vous faire tirer dessus, oui ! Et comment qu'on peut faire pour le retrouver ?

— Je me demande. On ne me laissera plus sortir d'ici, et on n'est pas près d'avoir des permissions. Il faudrait que je trouve quelqu'un qui puisse bouger.

— Il y a guère que le cuisinier.

— C'est un jobard. Je préférerais un territorial.

— Les pauvres, en ce moment, qu'est-ce qu'ils dégustent ! On les envoie rempierrer les routes d'accès sous le feu, ils tombent comme des mouches. Tiens, celui à qui vous aviez parlé, un soir, le type d'Orléans... Il s'est pris un obus de 155, on n'a même pas retrouvé son casque.

Célestin repensa à la jeune femme qui l'avait invité chez elle, à la promenade le long de la Loire par la belle nuit de fin d'été, à la visite du lieutenant de Mérange qui lui avait fait quelques confidences... Anaïs Farel... La France d'après la guerre serait sans doute d'abord la France des veuves. Comme Claire de Mérange.

— En plus, il demandent aux moins vieux de

venir compléter les effectifs, continua Béraud. Y'en a qui grognent, c'est normal.

— La Guimauve ! C'est lui qu'il me faut ! s'exclama soudain Célestin.

— Qui c'est, celui-là ?

Le policier expliqua en deux mots à l'ancien pickpocket qui était La Guimauve. L'histoire amusa Germain, bien qu'il manifestât en même temps une pointe de jalousie envers une sorte de collègue.

— Vous pensez que vous pouvez lui faire confiance ?

— Il m'a déjà aidé à retrouver le corps du lieutenant. Et puis, je n'ai pas le choix.

Comme ils écrasaient leurs cigarettes dans la boue, le lieutenant Doussac les rejoignit. Il sortait de son abri et, comme à l'habitude, glissait un carnet de notes dans sa poche.

— Content de vous revoir, Louise. Votre petit voyage vous a-t-il été profitable ?

— Très profitable, mon lieutenant. Je vous remercie.

Germain, qui avait vu le courrier qui arrivait, se leva pour assister à la distribution. Lui ne recevait jamais rien, mais la joie des autres était communicative. Et l'humeur était d'ordinaire au partage, il récupérait toujours un morceau de chocolat, un bout de saucisson ou même une paire de chaussettes. Resté seul avec le lieutenant, Célestin lui communiqua les résultats de son enquête et l'urgence de mettre la main sur Kerivin.

— Il y a un territorial qui peut m'aider, un

nommé Octave Chapoutel. Je sais qu'il est aussi dans notre secteur.

— Je ne peux plus vous laisser partir, Louise. Mais quand nous serons relevés, allez donc faire un tour jusqu'à l'écluse du Quesnoy, elle a été bombardée et je sais qu'il y pas mal de territoriaux qui y travaillent.

— Merci, mon lieutenant.

— Louise ! Hé, Louise ! Du courrier pour toi !

C'était la voix rocailleuse de Flachon, il trottait maladroitement vers eux, trébuchant sur le caillebotis, une lettre à la main. Célestin fut surpris, il n'attendait pas de lettre de sa sœur, qu'il avait croisée à Paris, encore moins de ses collègues de la Préfecture. Il pensa à Claire de Mérange, une idée idiote qu'il repoussa, mécontent. L'écriture sur l'enveloppe était maladroite, son nom était tracé en grosses lettres, et il manquait le « g » du mot compagnie. Elle venait pourtant de l'état-major. C'était l'armurier. Il lui disait deux choses. D'abord, que les deux balles avaient bien été tirées par le même fusil dont le canon provoquait sur le plomb une striure bien caractéristique. Ensuite qu'il avait eu entre les mains, pour une remise en état, le fusil Lebel qui avait tiré les deux projectiles. Il appartenait à un cycliste de la 14e compagnie, détaché à l'état-major pour ses excellents états de service. Célestin ne s'étonna pas en lisant le nom : Noël Kerivin. Son correspondant concluait en quelques mots, assurant qu'il fallait être un maniaque des armes, comme lui, pour s'intéresser à tous ces détails, mais que cela l'avait amusé. Le jeune policier se demanda un moment s'il devait prévenir la police militaire ou la gendarmerie, il avait suffisamment d'éléments pour accabler Kerivin. Il décida qu'il irait seul au bout de son enquête : les gendarmes avaient assez d'occupation avec les ivrognes et les réfractaires. Il voulait aussi tenir sa promesse à Claire de Mérange, il voulait revoir la jeune femme. Une petite mouche glacée se posa sur son nez. Il leva la tête : le vent arrachait au ciel gris les premiers flocons. Un quart d'heure plus tard, il neigeait d'abondance et, par les créneaux du parapet, on pouvait voir un épais manteau blanc recouvrir peu à peu les débris de la guerre.

À seize heures, juste avant la tombée de la nuit, les canons lourds de l'artillerie allemande les pilonnèrent systématiquement.

— Ils sont à l'heure, remarqua Fontaine, recroquevillé à l'entrée d'un abri, son sac remonté sur sa nuque en guise de maigre protection.

De fait, les artilleurs avaient pris l'habitude de les arroser tous les soirs à la même heure et, prétendait Peuch, exactement aux mêmes endroits. Il suffisait d'avoir suivi attentivement un des bombardements pour prévoir sans se tromper où allait tomber le prochain obus. Célestin n'arrivait pas à s'habituer à ce rythme incessant de déflagrations, il avait l'impression que cela ne s'arrêterait jamais tant que tout n'aurait pas été bouleversé, émietté, réduit à néant. Chaque sifflement annonciateur d'une explosion lui soulevait le cœur, il sentait monter en lui des bouffées de colère incontrôlable, il aurait étripé sans hésiter ces types qui, sans les voir, leur balançaient la mort et le chaos. Enfin, avec la même ponctualité, le bombardement cessa. Le cuisinier arriva avec un ragoût encore tiède et la soirée fut presque joyeuse. Sur le coup de minuit, Célestin était de garde au parapet lorsqu'il vit débarquer une petite équipe d'une dizaine d'hommes aux mines peu engageantes sous les ordres d'un commandant, un grand type maigre aux pommettes saillantes. Doussac, prévenu de leur arrivée, les accompagnait. C'était une section d'élite, un groupe de choc qu'on réservait à des coups de main, souvent audacieux, toujours dangereux, au milieu des lignes ennemies. Célestin en avait entendu parler, une troupe de têtes brûlées dont on disait qu'elle était formée de repris de justice qui avaient obtenu des remises de peine en acceptant leur incorporation dans cette compagnie à haut risque. Leur équipement, allégé et assez peu réglementaire, leur donnait une images de tueurs plus que de soldats. Ils échangèrent à peine quelques mots, se hissèrent sans un bruit par-dessus le parapet et glissèrent au milieu des barbelés, formes noires sur le gris de la neige, avant d'être engloutis par la nuit. Célestin fut frappé de leur silence et de la totale synchronisation de leurs mouvements. Ils étaient parfaitement effrayants. Une heure plus tard, ils revinrent à la tranchée, traînant avec eux un prisonnier allemand plus mort que vif. Des taches sombres de sang marquaient la veste de trois d'entre eux. Ils saluèrent à peine Célestin et disparurent. Le jeune homme fut relevé par Flachon, transi et mal réveillé, qui se réconforta d'une grande lampée de gnôle. Le lendemain matin, les Allemands tentèrent une sortie mais le tir précis des 75 et les deux mitrailleuses que Doussac avait fait mettre en batterie brisèrent rapidement l'assaut, laissant sur la neige rougie sa jonchée de cadavres, une manne pour les corbeaux noirs que les coups de fusil n'effrayaient même plus. Il y eut encore à supporter le bombardement du soir, et ce fut la relève. La compagnie prit de nouveau ses quartiers au bourg de Saint-Mard. La demeure dans laquelle Célestin avait trouvé Éliane était en grande partie détruite, touchée par un obus qui avait provoqué un incendie. Le toit enfoncé recouvert de neige, les poutres calcinées tombées au travers des planchers, les vitres éclatées et noircies, donnaient une image de désolation plus frappante encore que le champ de bataille. Les villages saccagés, les maisons éventrées, faisaient monter la nostalgie, celle d'une paix torpillée, d'un paradis à jamais perdu. La petite équipe avait retrouvé son hangar à bois et Flachon, en traînant dans la baraque dévastée, avait complété son matériel de cuisine. Après le passage du cuisinier, Célestin, avec l'accord de Doussac, partit pour l'écluse du Quesnoy. Il retrouva sans peine le chemin de halage et se mit à suivre le canal. Ses pas se marquaient dans la neige et des lambeaux de brume s'accrochaient aux arbres nus comme des étendards délavés. Il repéra de loin les hommes au travail et les chariots sur la berge. L'écluse elle-même n'avait pas été atteinte, mais une péniche de transport de blessés, touchée par un bombardement, avait à moitié coulé au milieu du sas. Elle gîtait, immobile, à la limite du chavirage. Beaucoup de soldats, coincés dans les cales inondées, avaient péri noyés. Les vieux territoriaux s'occupaient de les repêcher, d'entasser les corps sur les remorques attelées avant de dégager l'embarcation. Célestin retrouva La Guimauve une nouvelle fois au milieu des cadavres, grand, maigre, indifférent comme la mort. Il criait sur un vieux cheval qui n'en pouvait plus, pour désembourber une des charrettes débordant de corps entassés qui ruisselaient d'une eau marronnasse souillée de limon et de sang. Dans un effort à trembler, la pauvre bête s'arc-bouta et, s'enfonçant jusqu'à mi-jambes dans la boue, tira le tombereau hors de l'ornière. Chapoutel flattait l'animal écumant, le réconfortant de sa large main, quand Célestin, empruntant la petite passerelle sur le sas, le rejoignit. La Guimauve salua d'un petit mouvement de tête.

— Salut, Chapoutel, tu n'as pas l'air tellement surpris de me revoir…

— Vous êtes un bon flic, je suis payé pour le savoir. Vous l'attraperez, celui que vous cherchez.

— Parce que tu sais que je cherche quelqu'un ?

La Guimauve se contenta de hausser les épaules et, donnant de la voix, encouragea la vieille carne à tirer son macabre chargement. Il se mit à marcher à côté de la charrette dégoulinante, Célestin vint près de lui. Près de l'écluse, deux bœufs sortis d'on ne savait où entraînaient mètre par mètre, sous les coups d'aiguillon, la péniche hors du sas. Autour d'eux, les hommes hurlaient.

— Tu ne te trompes pas, La Guimauve, je cherche un type que je soupçonne d'avoir assassiné le lieutenant Paul de Mérange, et d'avoir tenté de me tuer. Je fais plus que le soupçonner, d'ailleurs, je sais que c'est lui. Il s'appelle Noël Kerivin, il est cycliste à l'état-major. Tu l'as peut-être déjà croisé.

— Peut-être... Des cyclistes, il en passe par mal, dans tous les sens, ordre et contrordre, marche et contre-marche...

— Je sais que c'est pas facile, mais si tu arrives à le localiser, essaie de me prévenir. Je suis toujours à la 22e compagnie, troisième section.

— Comme vous dites, c'est pas facile.

Il renifla, sortit d'une de ses poches une longue pipe déjà bourrée de tabac gris, l'alluma et tira dessus, dégageant un large nuage de fumée dans l'air glacé.

— Kerivin... C'est un Breton ?

— Parfaitement, un Breton déménagé dans la Sarthe.

— J'aime pas les Bretons, c'est des sournois. C'est eux qui défendaient l'Hôtel de Ville, pendant la Commune, ils étaient postés à toutes les fenêtres et faisaient rouler un feu d'enfer. C'est comme ça qu'ils ont tué mon grand-père, le père de ma mère.

Célestin, surpris par la confidence inattendue

d'Octave, garda le silence. Ils marchèrent ainsi jusqu'à l'écluse suivante. Là, le jeune homme quitta La Guimauve pour retraverser le canal et retourner sur Saint-Mard.

Les rumeurs d'offensive allaient s'amplifiant, colportées et déformées par les cuisiniers, les fourriers, les territoriaux. Ceux qui avaient connu la débâcle d'août et les combats acharnés de la Marne n'étaient pas pressés de repartir à l'assaut des lignes allemandes. Le Grand État-Major avait beau réfuter cette guerre de position qui allait à l'encontre des belles stratégie apprises à l'école d'officiers, les poilus savaient bien que les attaques ponctuelles décidées au jour le jour étaient surtout destinées à entretenir leur « esprit guerrier ». Les pertes subies étaient en tout cas sans commune mesure avec les massacres engendrés par une opération massive destinée, dans l'esprit de Joffre, à un hypothétique enfoncement du front adverse. De nouveau en première ligne, la section de Célestin discutait âprement de la possibilité de repartir au casse-pipe. Le courage des hommes n'avait pas faibli, ils étaient seulement moins dupes des promesses qu'on leur avait faites d'une guerre courte et d'une victoire facile. La lâcheté de certains officiers leur avait également ôté leurs illusions sur la compétence de leur commandement.

— Il ne se passera rien avant Noël, affirma Fontaine, qui pensait à ses gosses.

— Je vois pas ce que Noël vient faire là-dedans,

bec de puce ! rétorqua Flachon. Et puis, si c'est pas de notre côté que ça vient, on peut faire confiance à ceux d'en face pour se rappeler à notre bon souvenir.

Pourtant, depuis quelques jours, les Allemands ne se manifestaient même plus par leur bombardement quotidien. C'était tout juste si, la nuit, ils balançaient encore des fusées éclairantes pour prévenir les coups de main et les patrouilles trop curieuses. Il était exactement dix heures, ce matin-là, lorsqu'une nouvelle salve leur tomba dessus, depuis l'arrière des lignes allemandes. Peuch, qui savait reconnaître le calibre des obus rien qu'à la façon dont ils sifflaient en retombant, resta muet en échangeant avec les autres un regard inquiet. L'engin explosa juste en avant de la tranchée, une explosion sèche qui n'avait rien à voir avec celle des obus. Immédiatement, un nuage jaunâtre commença à s'élever et, poussé par une petite bise de nord est, à s'approcher des Français. Il y eut un vent de panique le long du parapet.

— Les gaz ! Alerte aux gaz ! Distribuez les masques !

La section avait reçu, la semaine précédente, une caisse de masques à gaz dont l'aspect les avait tous impressionnés. Doussac les avait fait essayer et Flachon, comme à son habitude, avait tourné l'exercice en dérision. Ces espèces de cagoules, affublées de deux hublots pour les yeux et d'une sorte de pomme d'arrosoir à l'endroit de la bouche, leur donnaient l'air de gros insectes maladroits. Ils avaient rigolé pour tromper leur terreur, mais l'apparition de ces hideuses protections leur faisait grimper un cran de plus dans l'horreur et réveillaient dans leurs esprits les fantasmes de savants fous, de poison, d'expériences secrètes et dévastatrices. En moins d'une minute, tandis qu'autour d'eux explosaient les obus chimiques, ils récupérèrent dans un des abris la caisse de masques et se hâtèrent de les enfiler. Dans sa panique, le petit Germain avait coincé dans sa bretelle de fusil la ficelle qui maintenait l'embout respiratoire et s'acharnait à la dégager tout en voyant avec horreur la nappe de gaz mortel glisser vers la tranchée, se couler le long du parapet et descendre vers eux. Célestin le remarqua, l'entraîna dans un boyau, en arrière, et l'aida à ajuster sa tenue. Il était temps : ils furent bientôt environnés de gaz, à ne plus se voir. Fontaine et Flachon, postés dans le nid de mitrailleuse, commencèrent à tirer, les Allemands, eux aussi masqués, lançaient une attaque. De nouveau, ce fut l'enfer, les grenades explosaient partout, l'une d'elle fit s'ébouler tout un pan de la tranchée, coinçant un caporal que deux poilus parvinrent à dégager. Mais dans la manœuvre, son masque s'arracha, il inhala une grosse bouffée de gaz. On le vit alors tomber à genoux, puis se tordre de douleur au fond de la tranchée en cherchant, avec un rictus atroce, un air qui ne venait pas. Puis, dans un dernier spasme, il se mit à cracher du sang et retomba, livide, agonisant. Plus personne n'était en mesure de lui porter secours : il fallait se battre, tirer à volonté et repousser coûte que coûte l'assaut. Heureusement, les Allemands n'étaient pas plus habiles avec leurs propres masques que la respiration embuait et, après être parvenus aux premiers barbelés de défense, ils durent battre en retraite, laissant derrière eux des dizaines de morts. La concentration de gaz avait diminué sauf, curieusement, au fond de certains boyaux où il faisait de sinistres flaques vertes. Déjà, les infirmiers évacuaient les blessés, la plupart atteints par des éclats de grenades. Célestin, qui avait brûlé près d'une cinquantaine de cartouches, se laissa tomber, épuisé, sur la banquette de tir. Le masque réduisait son champ de vision et il fut surpris de découvrir brusquement, debout devant lui, La Guimauve, une cigarette au coin de la bouche.

— Tu ne mets pas de masque? s'étonna le jeune homme d'une voix nasillarde déformée par le filtre.

— Trop envie de fumer. Je crois que j'ai repéré votre type, il a été surpris par l'attaque des Boches en apportant un pli de l'état-major. Il est coincé dans un des boyaux, là-bas.

D'un coup, Célestin se releva. Tout autour régnait encore la confusion, on criait, certains hommes avaient relevé leurs masques pour mieux respirer, d'autres, pelle en main, déblayaient les conduits éboulés. Louise se mit à courir dans la direction indiquée par Chapoutel. Sur sa gauche s'ouvrit une des tranchées d'accès qui ramenaient en deuxième ligne. Il s'y engouffra. Des traînées de gaz s'entortillaient encore autour de ses chevilles, il n'osait pas retirer son masque qui le gênait. Il arriva dans un cul-de-sac qui conduisait aux feuillées, fit marche arrière et déboucha à un embranchement en même temps qu'une estafette. C'était un grand type costaud, la tête cachée sous le masque, et qui portait au côté une sacoche de courrier marquée de l'insigne du Quartier Général. Les deux hommes s'immobilisèrent l'un en face de l'autre.

— Kerivin ? hurla Célestin en dégageant la bretelle de son Lebel.

L'autre hésita puis, bousculant le jeune homme, s'enfonça vers la deuxième ligne. Célestin était tombé à la renverse, dans sa chute, son fusil tira vers le ciel. Il rechargea et se lança à la poursuite de Kerivin. Les deux hommes traversèrent la tranchée de réserve, bousculant deux infirmiers qui les insultèrent. Dans sa course, Célestin avait jeté son masque. Les courbes du boyau d'accès l'empêchaient d'épauler et de viser le fuyard, il se contentait de lui crier de se rendre. L'autre n'écoutait rien et, au moment où ils débouchaient sur un chemin, le policier découvrit Kerivin enfourchant son vélo. En quelques secondes, il fut loin, hors d'atteinte. Une rangée d'arbres l'avait mis à l'abri d'un tir. Célestin, continuant à courir, comprenait que l'homme allait lui échapper lorsqu'un moteur, tout près, le fit se retourner : dans un champ qui longeait le chemin, un biplan venait d'atterrir. Le moteur tournait encore. Franchissant le talus, Célestin courut à la rencontre du pilote qui, déjà, ôtait son casque. Il eut la chance de reconnaître Daviel qui lui fit un signe amical.

— Voilà l'homme qui transporte les morts. Comment allez-vous, cher ami ?

— Bien, monsieur. Je n'ai pas le temps de tout vous expliquer, mais je dois rattraper un cycliste qui vient de s'enfuir par là. Je pense qu'avec votre avion…

— J'ai des informations urgentes à transmettre à votre colonel, je crains de ne pas pouvoir vous aider.

— Je vous en prie, c'est l'affaire de quelques minutes. Et je vous jure que cet homme est dangereux.

— C'est votre fameux assassin ?

— C'est lui.

— Dans ce cas, ayez l'amabilité de faire pivoter cet aéronef sur son axe et de grimper derrière moi.

Célestin s'exécuta. L'avion prit de la vitesse et, malgré le sol inégal, réussit à décoller avant le rideau d'arbres qui masquait un petit ruisseau. Il prit de la hauteur et s'inclina en une large courbe. Très vite, Célestin repéra Kerivin. Le cycliste fonçait comme une brute sur le chemin qui menait à un hameau entièrement détruit, parallèlement à la ligne de front. Il portait toujours son masque, ce qui lui donnait l'air d'un animal étrange lancé au milieu d'un paysage dévasté. Le pilote l'avait lui aussi remarqué. Il piqua dessus. Célestin eut l'impression qu'ils allaient s'écraser, mais Daviel redressa au dernier moment. Dans leur sillage, le cycliste avait perdu l'équilibre et chuté lourdement, il ne bougeait plus. Louise cria à Daviel d'atterrir, l'autre fit un signe d'impuissance. Par bonheur, une portion de route épargnée par les obus s'ouvrit devant eux, leur permettant de se poser tant bien que mal. Célestin hurla un remerciement et l'avion n'était pas encore complètement stoppé qu'il se jetait hors du cockpit. Il avait abandonné son fusil au décollage. Il vérifia qu'il portait toujours son couteau à la ceinture et obliqua vers le chemin qu'avait emprunté le cycliste. Il retrouva l'endroit de la chute. Le vélo, une roue tordue, était abandonné en travers du bas-côté. Célestin regarda autour de lui. Il eut tout juste le temps d'apercevoir Kerivin, posté sur un talus en surplomb, qui l'ajustait avec un pistolet. Il se jeta à terre, une balle siffla à ses oreilles. Deux autres firent gicler de la boue près de son visage. Le jeune homme rampa pour se mettre à couvert derrière un bouquet d'arbres déchiquetés par des obus. Il y eut encore deux coups de feu, puis plus rien. Prudemment, il jeta un coup d'œil hors de son abri. Personne. Le couteau à la main, il progressa par bonds jusqu'à l'endroit d'où l'autre lui avait tiré dessus. Kerivin avait disparu. Au-delà du talus s'étendait ce qui avait dû être autrefois un champ cultivé et qui n'était plus qu'un terrain vague semé de trous d'obus et de replis de terre chaotiques. Il flottait encore dans l'air des relents de gaz qui piquaient désagréablement le nez, mais trop épars pour qu'on pût en distinguer des nappes dangereuses. Un cri horrible jaillit d'un des cratères, un peu plus loin, suivi de hoquets désespérés. Célestin se précipita et se jeta au bord du trou, passant juste la tête pour voir à l'intérieur. Kerivin était là, se débattant dans une flaque verte de gaz accumulé au fond du cratère, les deux mains crispées pour tenter en vain de colmater une longue déchirure du masque, sans doute provoquée par sa chute à vélo. Louise, qui ne disposait plus de protection, était incapable de lui venir en aide. L'homme parvint pourtant à se hisser hors des fumées nocives, mais il était trop tard. Il s'écroula. Célestin parvint à le hisser hors du trou d'obus. Le cycliste respirait encore par à coups, mais son visage bleuissait et sa bouche grand ouverte laissait déjà passer un râle d'agonie.

— Kerivin… Est-ce que vous m'entendez ?

Le Breton tourna les yeux vers Célestin.

— C'est vous qui avez tué le lieutenant Paul de Mérange, n'est-ce pas ?

L'autre hocha faiblement la tête. Il fit un ultime effort et murmura :

— Jean… Jean voulait sa mort…

— Jean de Mérange, son frère ? C'est lui qui vous commanditait ?

Une dernière fois, Kerivin acquiesça, puis son regard devint vitreux et il cessa de respirer.

CHAPITRE 12

LA PROMESSE

Le 20 décembre 1914, le 134e régiment d'infanterie fut transporté au nord-est de Reims pour y remplacer le 31e dragons et le 11e bataillon de chasseurs, épuisés et décimés par la bataille de la Marne. Quand les camions, après s'être enfoncés dans les lignes, se rapprochèrent à nouveau du front, Fontaine exprima très sérieusement le désir de visiter la cathédrale de Reims.

— C'est là où étaient sacrés les rois, non ?

— Eh ben toi, tu seras sacré le roi des cons ! affirma Flachon.

À leur arrivée en première ligne, les hommes y découvrirent des tranchées plus propres, mieux aménagées dans la terre plus claire de la Champagne. Après les attaques et contre-attaques incessantes qu'ils avaient essuyées les semaines précédentes, ce fut pour eux comme un répit. La neige s'était remise à tomber, apaisante, recouvrant cadavres et matériels abandonnés, étouffant les coups de fusil dont les détonations sonnaient sèchement et s'éteignaient aussitôt. Un vieux sergent hirsute à la barbe grise expliqua, tout en faisant son baluchon, que les Boches d'en face n'étaient pas de si mauvais bougres.

— Il n'y a qu'un point d'eau pour tout le monde, une source qui coule là-bas, au milieu du petit bois. Alors, plutôt que de se faire descendre à tour de rôle, on s'est mis d'accord pour y aller chacun notre tour, à des heures bien précises. Et puis quand d'aventure on se croise, ben dame, on fait semblant de ne pas se voir !

Peuch qui, sans doute, était resté le plus militariste de la section, n'en revenait pas.

— Alors, vous pactisez avec les Boches ?

— Appelle ça comme tu voudras, bonhomme. C'est juste une façon de se rendre notre enfer un peu plus vivable.

Flachon attrapa Peuch par le bras et lui fit signe de fermer sa gueule. Ils s'installèrent, se répartissant aux créneaux suivant les ordres de Doussac. Célestin fut le premier de corvée d'eau, il partit avec Germain Béraud. En suivant les instructions de leurs prédécesseurs, il parvinrent à la source sans encombre. Ils remplissaient les derniers bouteillons quand un bruit dans les fourrés les fit se retourner. Célestin avait déjà pris son fusil lorsqu'un soldat allemand, béret sur la tête et chaudement emmitouflé dans une épaisse capote grise, les rejoignit. Il eut un moment d'hésitation en découvrant les deux Français qu'il ne connaissait pas puis se décida à leur sourire en sortant de sa poche un paquet de cigarettes.

— Qu'est-ce qu'on fait, monsieur ? demanda Béraud, éberlué.

— On fume, répondit Célestin, laconique.

Les trois soldats allumèrent leurs cigarettes sans un mot puis l'Allemand leur demanda maladroitement s'ils étaient nouveaux. Célestin acquiesça puis, mal à l'aise, fit un signe à Germain. Ils ramassèrent leurs bouteillons, saluèrent leur « kamarade » et se hâtèrent de s'éloigner.

— Est-ce qu'on va le dire aux autres ? interrogea Germain, effaré.

— On le dira à ceux qui partiront en corvée. Pas la peine de crier sur les toits qu'on a causé avec un Boche.

Cet incident devait vite s'oublier en comparaison des événements de Noël. Mis à part quelques duels d'artillerie et le survol de ces grandes saucisses d'observation que l'année allemande lançait au-dessus des lignes, le secteur était calme.

— On doit pas intéresser ces messieurs de l'état-major, avait annoncé Fontaine, fin stratège.

— Tant pis pour eux, tant mieux pour nous ! s'était réjoui Flachon.

Le ravitaillement était régulier, on ne parlait toujours pas de permissions mais le courrier et les colis arrivaient normalement avec, toutefois, un délai d'une bonne semaine. Il fallait seulement combattre le froid autour des braseros et même d'une cheminée que comportait l'un des abris. Même si, chaque jour, deux ou trois hommes laissaient leur vie dans un bombardement, une sorte de routine s'était installée. C'est dans cette ambiance étrange, à la fois rude et feutrée, qu'arriva le soir de Noël. Fontaine avait reçu un foie gras dans un colis, et Doussac offrit à ses hommes quelques bonnes bouteilles de vin. Il avait allégé la garde et trinquait avec la troupe en faisant le même vœu avec tous : fêter le prochain Noël en famille, dans la paix retrouvée. Cet ordinaire nettement amélioré avait rasséréné les soldats qui, une fois saoulés de blagues et de vin, s'étaient mis à fumer en silence leur tabac gris. Le ciel était clair, piqué d'étoiles et, à défaut d'y trouver la comète des rois mages, les poilus y projetaient leurs souvenirs d'enfance, de famille, d'avant-guerre. Une fois de plus, Célestin s'était retrouvé en tête-à-tête avec Germain. Le jeune homme lui avait avoué qu'au fond, il ne se sentait pas si mal à la tranchée. On y mourait plus facilement que chez les truands, mais les compagnons qu'il y avait trouvés valaient largement ceux de la pègre. La conversation revint sur l'enquête de Célestin, le meurtre du lieutenant de Mérange et la fin terrible de Kerivin, déclarés tous deux morts au champ d'honneur : mais quelle différence cela faisait-il ? Curieusement, Béraud s'intéressait plus à Jean de Mérange qu'à la belle Claire, ou même au monstrueux cycliste qui n'avait pas hésité à abattre un officier dans le dos. L'infirme le fascinait. Célestin, lui, évoquait les deux frères ennemis, Abel et Caïn. Cette fois, ils ne s'étaient pas battus pour la reconnaissance du père, mais pour une femme que, chacun à sa manière, ils avaient aimée.

— Le lieutenant n'aimait pas sa femme, c'est l'usine qui l'intéressait, protesta Béraud.

— Ce n'est pas si simple. Je pense au contraire que Paul était moins attiré par l'argent que son frère Jean. Il aimait Claire, mais elle l'impressionnait. Il la voulait, et en même temps il la fuyait pour aller se perdre auprès d'autres femmes, sûrement moins intéressantes.

— Qu'est-ce que vous en savez ?

— Souviens-toi de celle d'Orléans, celle à qui tu avais piqué son sac.

À cette évocation, Béraud piqua du nez. Célestin poursuivit :

— Paul de Mérange avait besoin de conquêtes pour avoir confiance en lui. Jean, lui, est l'homme d'une seule femme : celle de son frère. Il a sans doute toujours été jaloux de Paul, qui possédait tout ce qu'il n'avait pas : la beauté, le charme, la santé, un mariage heureux, la fortune…

— De là à lui envoyer un tueur…

— Dans les derniers temps, les choses ont empiré, Paul de Mérange a pris une maîtresse attitrée, celle à qui il a écrit sa dernière lettre.

— Et son frère a trouvé ça dégueulasse ?

— Jean n'a pas pardonné à Paul, en plus de tout le reste, de bafouer cette femme qu'il convoitait. Pour le reste, l'occasion a fait le larron : il s'est trouvé un homme de main, une brute déjà soupçonnée de viol et de meurtre, à mon avis à juste titre. Les circonstances ont fait que ce type, Kerivin, ne pouvait rien lui refuser.

— Dommage que vous n'ayiez pas pu l'interroger, celui-là.

— J'ai quand même eu des renseignements sur lui.

Célestin tira de sa poche un document officiel qu'il déplia pour montrer à son compagnon, à la lueur du briquet, le tampon de la préfecture de police. Cette lettre, qui mettait un point final à son enquête, il aurait pu la réciter par cœur :

« Paris le 17 décembre 1914. Mon cher Célestin, dans cette pétaudière qu'est devenue la capitale, où l'on ne compte plus les filous les plus impudents et les escroqueries les plus invraisemblables, votre présence nous manque. Mais sans doute êtes-vous plus utile à la défense de notre patrie en danger. À ce propos, il est du reste curieux que vous me demandiez des informations sur un mauvais sujet breton quand on imaginerait plutôt vos regards tournés vers l'est et le nord. Voici, pour vous répondre, ce que j'ai pu trouver dans le dossier du sieur Kerivin Noël, né le 3 avril 1884 à Landivisiau, dans le Finistère Nord. Fils de petits métayers, il n'a pratiquement pas fréquenté l'école. Devenu ouvrier agricole se louant à l'année, il a traîné de ferme en ferme, se faisant remarquer par son comportement brutal et son goût marqué pour l'alcool. Impliqué sans être formellement reconnu dans une lamentable affaire de rixe au couteau dans laquelle un tailleur ambulant avait trouvé la mort, il a cependant dû quitter la région où plusieurs paysans avaient juré de lui faire la peau. Il s'était néanmoins acquis une certaine popularité au titre de champion cycliste. Il s'était pris de passion pour ce sport particulièrement ingrat au point de terminer second de l'épreuve Paris-Brest en 1903. Engagé au service de la famille de Mérange à la Teisserie, dans la Sarthe, comme garde-chasse, il a de nouveau été impliqué dans une sordide affaire de meurtre et innocenté in fine par Jean de Mérange. Il a devancé son incorporation et a été affecté à une compagnie de cyclistes au GQG du général Lanrezac, à Soissons. Le dossier n'en dit pas plus, il semble que vous ayiez d'autres renseignements sur cet individu dont il conviendra, semble-t-il, de vous méfier. Quoi qu'il en soit, n'oubliez pas que, momentanément, ce n'est plus à la police judiciaire que vous appartenez, mais à l'armée française. Bien cordialement, commissaire Auxence Minier. »

— Si je comprends bien, conclut Germain, Jean de Mérange était son seul alibi : il pouvait lui demander ce qu'il voulait.

— Oui, jusqu'à ce que l'autre se retourne un jour contre lui.

— Il est mort avant. N'empêche, le vrai coupable, c'est Mérange. Et lui, il est bien tranquille, planqué dans son usine. Sans compter qu'il va mettre la main sur la bourgeoise.

— Ça, j'en suis moins sûr.

Des beuglements avinés se firent alors entendre, provenant de la tranchée d'en face. Des lumières s'agitèrent au-dessus des parapets allemands, et soudain, sans prendre aucune précaution, les soldats ennemis quittèrent leurs abris et s'avancèrent au milieu des barbelés, brandissant des torches allumées, des bouteilles d'alcool, des paquets de cigares, et même des jambons entiers. Les Français s'étaient rués aux créneaux et regardaient, incrédules, éberlués.

— Qu'est-ce qu'on fait, mon lieutenant? demanda Flachon à Doussac.

— Prenez des boîtes de singe, des cigarettes et quelques bouteilles de vin, après tout, c'est Noël. Mais ne vous attardez pas.

Peuch protesta.

— On ne va quand même pas fraterniser avec les Boches, non?

— On ne tire pas sur des soldats désarmés.

— On n'a qu'à les faire prisonniers.

— Ils ne se sont pas rendus. Nous sommes en face d'une situation exceptionnelle, je compte sur vous pour qu'elle le reste.

Alors, s'étonnant eux-mêmes de leur audace et de cet instant de grâce qui rapprochait les deux camps, la section s'avança à la rencontre des Allemands qui continuaient à hurler des chansons et des encouragements. Le contact fut bref, simple échange de cadeaux rudimentaires, quelques mots lancés qu'on comprenait mal mais dont on devinait le sens, et qui devaient parler de fatigue, de froid, des familles laissées au pays. Les Français regagnèrent leur tranchée et goûtèrent les cigares et les alcools allemands; ceux d'en face occupèrent le no man's land jusque fort avant dans la nuit et ne s'en allèrent qu'après avoir gueulé un improbable «Stille Nacht» sous les étoiles de décembre.

— On n'a même pas fait de bataille de boules de neige, nota Flachon, perplexe.

Les six premiers mois de l'année 1915 condamnèrent les hommes à l'alternance épuisante des séjours en première ligne, puis en seconde ligne, puis au repos. Rien n'avait été prévu pour le confort des fantassins qui devaient rivaliser d'ingéniosité pour survivre dans le froid et l'humidité, souvent mal nourris et même assoiffés lorsque, au cours des combats, le ravitaillement en eau n'arrivait pas. Alors on faisait fondre la neige ou on se risquait jusqu'aux rares sources que l'ennemi n'avait pas empoisonnées. Le maréchal Joffre s'obstinait dans sa tactique du « grignotage » des positions allemandes, tactique d'autant plus coûteuse en hommes que les soldats des deux camps s'étaient perfectionnés dans le combat de tranchées, ajoutant à leur arsenal différents types de grenades et des mortiers extrêmement destructeurs. Quand on n'était pas touché, il fallait passer de longues nuits à remettre en état la tranchée, à dégager les abris, à déterrer les morts, les blessés et les quelques miraculés ayant survécu indemnes aux ensevelissements. Chacun avait déjà tué, et déjà failli mourir. Dans les cimetières improvisés à l'arrière, les croix de bois s'alignaient en d'effrayantes perspectives. Au printemps, la section de Célestin toucha ses nouveaux uniformes dits « bleu horizon », supposés moins voyants que les fameux pantalons garance. Il y avait aussi des casques qui n'empêchaient pas les blessures à la nuque ni les gueules cassées. Fontaine, obsédé par les rats, s'était mis à les piéger, il en tuait le plus qu'il pouvait, récoltant la maigre prime d'un sou par tête promise par l'état-major. Mais les rats proliféraient et devenaient de plus en plus gros, de plus en plus audacieux. Comme des petits démons subalternes, ils parcouraient en couinant l'enfer des tranchées, faisant leur profit de la moindre miette tombant des rations, seuls et sinistres compagnons des hommes dans ce bourbier que les oiseaux avaient déserté. Peuch s'était mis à boire, trois litres de vin par jour, sans compter l'eau de vie avant les assauts. Tous écrivaient à leurs femmes, à leurs mères, à leurs familles, sans oser raconter la moitié de ce qu'ils vivaient. Au mois de mars, des pluies torrentielles inondèrent les tranchées, mettant au jour des cadavres décomposés, mêlant à la boue les excréments des latrines. Les hommes pataugeaient dans la merde dont ils ne sentaient même plus la pestilence. Et du même ciel bouché continuaient de tomber les obus de tous calibres, tuant aveuglément, mutilant, secouant ces hommes qui avaient même oublié qu'on pouvait vivre en paix. Les premières permissions ne furent accordées qu'à la fin du mois de juin, et presque exclusivement aux paysans qui devaient aller moissonner. Certains d'entre eux mirent plusieurs jours avant de se comporter normalement, d'oser serrer dans leurs bras leurs compagnes et leurs enfants.

Célestin, avec l'aide du commissaire Minier, avait obtenu une semaine à l'écart du front. Il n'avait pas oublié la promesse qu'il avait faite à

Claire de Mérange et, sans s'arrêter à Paris, fila directement jusqu'au Mans. Cette fois, comme il n'avait pas prévenu de sa visite, personne n'attendait à la gare. Il trouva un vieux couple d'agriculteurs qui rentraient dans un petit village, à quelques kilomètres de la Teisserie. Ils le firent monter à l'arrière de leur carriole que tirait un mulet ascétique. Le vieux, qui avait deux fils à la guerre, posait des tas de questions auxquelles Célestin, embarrassé, essayait de répondre comme il pouvait. Comment dire à ce pauvre homme toute l'horreur des jours de guerre, l'angoisse, l'épuisement, la peur, la mort ? Autour d'eux, de chaque côté du petit chemin, la nature était splendide, célébrant loin du massacre des champs de bataille un printemps magnifique. Des primevères d'un jaune pâle presque translucide s'étaient ouverts sur le bord des fossés, pâquerettes et boutons d'or illuminaient les haies dans lesquelles les rouge-gorge, les bouvreuils et les moineaux étaient venus nicher. Ils parvinrent à une patte d'oie. Le chemin qui partait sur la gauche conduisait à la Teisserie. Lorsque Célestin leur avait indiqué sa destination, le vieux avait échangé un regard entendu avec sa femme. Plus tard, le jeune homme les questionna, ils émirent seulement un énigmatique :

— Les choses ne sont plus comme dans le temps.

Célestin les remercia et s'avança sous les arbres. Les branches basses formaient un couvert qui filtrait la lumière du soleil. Des myriades de petits insectes venaient jouer autour des rayons qui passaient à travers les feuillages. Une émotion lui serrait la gorge, faite d'appréhension, de fatigue et d'une inquiétude diffuse. L'assassin était mort mais son commanditaire régnait toujours sur le domaine et sur la fabrique. Que s'était-il passé entre Claire et lui pendant ces longs mois de guerre ? L'avait-il persuadée de son innocence ? Avait-elle au contraire laissé croître ses soupçons jusqu'à anticiper l'insupportable vérité ? Marchant dans les flaques de lumière, il se prit à imaginer que Jean de Mérange avait finalement réussi à séduire Claire et qu'ils s'aimaient sur le cadavre de Paul. Une mince silhouette noire apparut au détour de l'allée. Célestin reconnut Hortense. Son visage s'était allongé, marqué de rides, ses yeux avaient perdu leur éclat et gagné une fixité qui lui donnait l'air d'une folle. Elle aussi avait reconnu le policier, elle se planta devant lui au milieu du chemin.

— On n'en veut plus, de votre sale guerre ! Partez d'ici !

— Je viens voir Claire. Comment va-t-elle ? Et votre fils, vous avez des nouvelles ?

— Claire va mal et Maurice est mort. Vous n'avez rien à faire ici, vous sentez le cadavre.

— Il faut que je parle à Claire, elle me l'a demandé.

Hortense resta quelques secondes à le considérer, elle semblait habitée par une extraordinaire colère puis d'un coup ses épaules s'affaissèrent, elle se recroquevilla, tourna les talons et disparut derrière une haie. Célestin reprit sa route, impressionné par cette apparition qui confirmait ses mauvais pressentiments. La grande demeure dormait sous le soleil. Bernadette montait le perron, un panier de linge sous le bras. Célestin se hâta pour la rattraper avant qu'elle ne fermât la lourde porte d'entrée.

— Bonjour. Je suis Célestin Louise, vous me reconnaissez ?

La domestique acquiesça. Le jeune homme demanda à voir Claire de Mérange. Bernadette hésita un instant puis se résolut à le faire entrer. Elle lui demanda d'attendre, elle monta au premier étage, il demeura seul dans le corridor presque froid ou bourdonnait seulement une grosse mouche noire. Il eut envie de repartir, il n'apportait rien au fond que du malheur et du ressentiment, une vérité que tous s'efforçaient d'éviter et qu'il allait les obliger à regarder en face. Enfin, Bernadette réapparut.

— Madame vous attend dans sa chambre.

Comme elle ne faisait même pas mine de l'accompagner, Célestin s'avança jusqu'à l'escalier. Au moment où il mettait le pied sur la première marche, Bernadette le retint par le bras.

— Elle ne va pas bien. Ménagez-la.

— Je vous le promets. Monsieur de Mérange est à l'usine ?

Bernadette hocha la tête. Célestin monta l'escalier et déboucha sur le palier. La porte de la chambre n'était pas fermée. Il allait frapper lorsque la voix de Claire s'éleva.

— Entrez, monsieur Louise. À vrai dire, je ne vous attendais plus.

Le jeune homme s'avança dans la pièce où d'épais rideaux maintenaient une semi-obscurité. Claire était assise dans un large fauteuil, quelques revues étalées à ses pieds. Sur une petite table était posé un plateau avec une tasse et une tisanière. La jeune femme portait un peignoir entrouvert sur une combinaison de soie qui laissait voir un triangle de peau blanche et la naissance de ses seins. Elle ne fit même pas semblant de se couvrir. Plus qu'abandonnée, elle semblait perdue. Célestin s'inclina devant elle, elle lui montra un fauteuil où il s'assit. Elle dégageait dans son alanguissement un charme fort qu'un parfum nouveau et capiteux accentuait.

— Je ne pensais pas que la guerre vous épargnerait.

— Il fallait que je revienne madame, comme vous me l'aviez demandé.

— Vous n'y étiez pas obligé. Mais je suis heureuse de vous revoir. Depuis la mort de Paul, la vie ne m'intéresse plus. Et vous allez me parler de lui.

— En effet.

En quelques phrases concises, Célestin mit Claire de Mérange au courant de ce qui s'était passé à la fin de l'année précédente. La jeune femme fronça les sourcils, tout cela lui paraissait incompréhensible.

— Ainsi, notre garde-chasse Kerivin est mort, lui aussi. Et c'est lui qui a tiré sur Paul ?

— J'en ai les preuves, madame.

— Je vous crois. Mais pourquoi ? Pourquoi, bon sang ? Que lui avait-il fait ?

Célestin eut un moment de trouble. Claire désirait s'aveugler, il était impossible qu'elle n'entrevît pas la vérité, mais quelque chose en elle la repoussait violemment.

— Votre beau-frère était très lié avec Kerivin.

— Vous plaisantez? Jean, fréquentant cette brute alcoolique? C'est impossible.

— Il lui a pourtant évité l'échafaud en témoignant pour lui.

— C'était la moindre des choses, non?

— S'il a dit la vérité.

Claire se figea. L'allusion de Célestin était trop évidente. Pendant un court instant, elle tenta encore de rejeter l'inconcevable.

— Mais pourquoi... pourquoi Jean aurait-il menti?

— De cette façon, Kerivin ne pouvait plus rien lui refuser. Il avait sur lui un pouvoir absolu, le pouvoir de vie et de mort.

— Et il s'en est servi?

— Il s'en est servi, oui. Contre votre mari.

La jeune femme baissa la tête, accablée, puis se révolta une dernière fois.

— C'est de la folie. C'est la guerre qui vous fait divaguer!

— Kerivin a avoué, il m'a tout révélé juste avant de mourir.

— C'est faux!

Claire se leva d'un coup et se dirigea vers la fenêtre. Elle regarda le jardin sans le voir. Le soleil qui brillait dehors découpait son corps en ombre chinoise à travers le tissu mince de son peignoir.

— Jean... C'est monstrueux... Vous allez l'arrêter ?

— Sous quelle inculpation ? Je vous rappelle que votre mari est considéré comme mort au combat. La jalousie, les sentiments, n'ont rien à faire là-bas, sur le front de l'armée.

Claire demeura silencieuse, le regard perdu dans le vague, puis se retourna vers Célestin.

— Alors votre enquête est finie ?

— Oui. Et vous, qu'allez-vous faire ?

— Je n'en sais rien... Probablement demander à Jean de quitter la Teisserie, de partir, où il voudra.

— Il a de la famille quelque part ?

— Il n'a que moi. Et son frère... Ils m'aimaient tous les deux, mais ils étaient si différents, Paul rayonnant de force, Jean fragile, infirme, l'ombre et la lumière. J'avais choisi la lumière. J'ai aimé Paul de toute mon âme, je l'ai aimé à lui faire peur. Il a tout fait pour conjurer cet amour, m'humiliant de toutes les façons possibles, prenant des maîtresses jusque parmi les ouvrières de la fabrique. Cela n'a rien changé. J'étais prête à tout pour le reconquérir, même à le traiter durement. Le seul qui n'a pas supporté cela, c'est Jean. Mais je ne l'ai pas vu, je ne le regardais même pas ! Quel aveuglement...

Elle demeura silencieuse. Célestin ne la quittait pas des yeux, essayant d'imaginer quelle serait sa vie désormais. Elle lui tendit une main pâle.

— Merci, monsieur.

Le jeune homme s'inclina, effleura maladroitement des lèvres la main de Claire puis sortit, emportant avec lui des effluves capiteux et lourds, et l'ombre d'un regret qu'il n'osait pas s'avouer.

Célestin prit à pied le chemin du retour. L'après-midi s'avançait, le soleil commençait à baisser et déposait des reflets d'or aux cimes des arbres. Le jeune homme avait compté qu'en marchant d'un bon pas, il serait au Mans avant la nuit. Comme bien des voyageurs en transit, il dormirait sur un banc en attendant le premier train de Paris. Il était à mi-chemin et pouvait déjà voir au loin le clocher d'Arnage lorsque la pétarade d'un moteur se rapprocha. Jean de Mérange avait pris le volant de la grosse voiture. Tête nue, les grosses lunettes qui lui protégeaient les yeux et la grimace qui lui déformait la bouche lui donnaient un air effrayant. Il s'arrêta au niveau de Célestin et lui fit signe de monter à côté de lui. Après une seconde d'hésitation, le jeune policier obéit. La voiture redémarra en direction du Mans.

— Mission accomplie ? demanda Mérange.

Les deux hommes devaient hurler pour couvrir le bruit du moteur.

— J'ai tenu ma promesse, oui.

— Je le sais, Claire m'a tout dit. Elle m'a demandé de partir.

Il y eut un silence, la voiture s'engagea dans une série de virages qui obligeaient Célestin à se cramponner à la portière.

— Il y a tout de même une chose que je n'arrive pas à comprendre, c'est votre acharnement. Que s'est-il passé entre mon frère et vous ?

Célestin l'observa. L'homme était pâle, défait, et cette seule conversation devait lui demander un énorme effort.

— La guerre, monsieur, se contenta de répondre Louise.

Mérange se tourna un instant vers le jeune homme, puis, négociant d'une main les courbes de la route, sortit de l'autre un revolver d'ordonnance. Il le pointa vers son passager.

— Je pourrais vous tuer, mais à quoi bon ?

Il esquissa un sourire triste, puis retourna l'arme contre lui et se tira une balle dans le crâne. Le choc le projeta contre sa portière, un bras ballant à l'extérieur. La voiture fit une embardée, Célestin parvint à grand peine à la redresser une première fois, mais elle avait pris trop de vitesse. Elle franchit un fossé, bascula par-dessus un talus et finit sa course contre un arbre, au beau milieu d'un champ. Le moteur cessa de tourner. Célestin, choqué, reprit ses esprits et se pencha vers le conducteur : Jean de Mérange était mort, un filet de sang coulait de sa temps tout le long de sa joue. Il avait curieusement conservé le revolver au poing. Célestin s'extirpa de la carrosserie et reprit son souffle. Une petite brise du soir agitait les taillis, les oiseaux avaient cessé de chanter, tout était calme, silencieux, apaisant. Le jeune homme s'éloigna à pas lents, regagna la route et reprit la direction du Mans. Son genou droit lui faisait mal. Au carrefour d'Arnage, il croisa deux gendarmes à vélo qui faisaient une ronde. Il leur signala simplement avoir entendu un coup de feu à quelques kilomètres de là. Il ne désirait pas s'attarder : à quoi bon leur raconter le drame des deux frères qu'une femme avait sans le vouloir dressés l'un contre l'autre ? Désormais, ce secret, tout comme le nom de la famille, appartenait à Claire de Mérange. Célestin dîna dans une petite auberge à l'entrée de la ville, puis s'installa pour dormir sur un banc, dans un parc. Réveillé par la fraîcheur de l'aube, il arriva juste à temps à la gare pour prendre le premier train pour la capitale. La matinée était bien avancée lorsqu'il débarqua à Montparnasse. Là, la guerre avait laissé peu de traces, c'était la foule des voyageurs, simplement pouvait-on noter que les hommes jeunes étaient moins nombreux qu'autrefois. Lorsque Célestin croisait d'autres soldats en permission, leurs regards se fuyaient, ils baissaient la tête, comme s'ils partageaient un secret honteux. Comme il était loin, l'enthousiasme de l'année précédente, lorsqu'ils partaient en désordre dans la chaleur de l'été pour reconquérir en quelques semaines deux provinces perdues ! Trop d'hommes étaient déjà morts et le carnage n'était pas prêt de s'arrêter. On parlait d'une nouvelle offensive à l'automne. Le soleil tapait fort lorsque Célestin passa le petit pont de la rue Corvisart. La vieille maison de bois n'avait pas bougé, simplement des langes fraîchement lavés séchaient aux fenêtres. Lorsqu'il s'approcha, un bébé se mit à brailler. Il grimpa l'escalier extérieur et frappa à la porte. La voix d'Éliane lui répondit.

— Entrez !

Il poussa la porte, elle était là, radieuse, paisible, assise en travers d'un petit lit qu'on avait rajouté dans la grande pièce, balançant son enfant allongé dans un vieux berceau de bois à la peinture toute écaillée. Son visage s'éclaira en reconnaissant Célestin. Elle se leva d'un coup et, tout simplement, l'embrassa sur les joues.

— C'est une fille ou un garçon ?

— Sarah. Elle est née le 22 mars.

Avec toute la fierté d'une jeune mère, elle souleva le bébé du berceau. La petite, surprise, cessa de pleurer. Éliane la fourra dans les bras de Célestin. En se retrouvant avec cette petite chose fragile qui l'observait avec de grands yeux bleu sombre, le jeune homme se sentit tout retourné. Une vague d'émotion l'envahit et, sans qu'il pût rien y faire, il se mit à pleurer. Ce furent d'abord deux larmes silencieuses qui lui coulèrent au coin des yeux et puis, son chagrin déferlant, de grands sanglots le secouèrent. Il ne savait pas exactement ce qu'il pleurait, les femmes seules, les hommes mourant à la guerre, sa propre jeunesse perdue ou la disparition d'un monde. Émue autant que lui, Éliane lui retira doucement l'enfant des bras et le remit dans son berceau. Célestin se laissa tomber sur une chaise, la jeune femme lui prépara du café. Après quelques hésitations, elle lui apprit que Jules était mort. Gabrielle avait reçu au début du printemps la lettre de l'état-major. Les obus l'avaient épargné jusqu'au jour où il s'était fait écraser par un camion qu'il tentait, avec d'autres territoriaux, de désembourber. Le brusque retour de la guerre dans cette belle journée de juin écœura Célestin. Il ne voulait pas penser à la mort de son beau-frère qu'il se figurait trop bien, il ne voulait plus penser à l'horreur du front qu'ici, on paraissait ignorer. Il caressa la joue du bébé, posa ses lèvres sur le front d'Éliane et sortit. Il marcha au hasard, passant des quartiers plus calmes de la rive gauche à l'effervescence de la rive droite. Les cafés autour de l'Opéra étaient bondés, les femmes élégantes, les hommes affairés. Quelques officiers anglais paradaient, on voyait aussi des uniformes fantaisistes, derniers avatars d'une mode insouciante. Au soir, Célestin redescendit vers le treizième arrondissement. Dans les fabriques, c'était l'heure de la débauche, il attendit sa sœur à la sortie de la Brasserie de la Reine Blanche. Il n'y avait plus que des femmes, Célestin reconnaissait même des vieilles blanchisseuses, des mères de famille qui avaient repris du service. Gabrielle et lui s'étreignirent longuement, mais le sourire ne venait pas plus que les mots. Ils marchèrent côte à côte jusqu'à la maison sans parler. Ils se connaissaient trop pour ne pas deviner dans leurs rides nouvelles et leurs premiers cheveux blancs toutes les souffrances qu'ils préféraient taire. C'est tout juste si, tandis qu'ils grimpaient les premières marches de l'escalier et qu'ils entendaient Éliane fredonner une comptine à son enfant, Gabrielle, retenant son frère par la manche, se permit de lui dire :

— Je l'aime beaucoup, tu sais.

Au soir, Célestin sortit seul, sans qu'aucune des deux femmes ne lui posât de question. Il refit le chemin auquel il avait tant rêvé dans la boue des tranchées. Sur le terrain vague de la porte de Choisy, les roulottes avaient disparu. Seules des lumières fantastiques éclairaient les verrières des usines Panhard. Sans autre repère, le jeune homme s'approcha des immenses ateliers d'où s'échappait un bruit infernal. Personne ne surveillait l'entrée de la fabrique. Il pénétra dans un immense espace où des machines outils pressaient, découpaient, alésaient, ajustaient des pièces de moteurs. Des étincelles jaillissaient partout, dans un bruit de ferraille qui faisait mal aux oreilles. Là aussi, les ouvriers, dont les visages étaient dissimulés par des masques protecteurs mais dont on voyait les longues chevelures retenues en queues de cheval, étaient en grande majorité des femmes. Leurs gestes techniques, par manque d'habitude, conservaient un peu de retenue. L'une d'elles se tourna vers lui et releva son masque. Il reconnut Joséphine. Ses yeux brillaient. Elle lui sourit et lui fit signe de l'accompagner dehors. Là, appuyés contre un mur, dans le vacarme assourdi et les éclats intermittents des ateliers, ils fumèrent une cigarette.

— Je savais que vous reviendriez.

— Alors, vous en saviez plus que moi.

— Il y a des soldats qui ne peuvent pas mourir à la guerre.

— Sans doute que j'y ai mis de la mauvaise volonté. Et puis j'avais autre chose à faire.

Joséphine écrasa sa cigarette.

— Le contremaître est une vraie teigne. Vaut mieux que je reprenne le boulot.

— Les caravanes ne sont plus là ?

— Trop d'histoires, trop de complications. Maintenant, j'habite un gourbi à la porte d'Ivry. Il y a beaucoup de femmes comme moi, qui essaient de se débrouiller pour pas finir au tapin, heureusement que les patrons embauchent. Mon lit n'est pas grand et ça manque de romantisme, mais vous avez dû en voir d'autres.

L'aplomb de la jeune femme sidérait toujours Célestin. Elle finissait à trois heures, il l'attendit. Elle lui prit le bras jusqu'à sa chambre. Elle sentait la sueur, la graisse et le métal, mais quand elle défit ses cheveux et laissa tomber sa robe, elle redevint éblouissante. De nouveau, ils firent l'amour avec fièvre, dans un emportement presque violent. Célestin s'endormit sur elle. Au petit matin, il se réveilla en hurlant : un Allemand sans visage lui enfonçait une baïonnette dans le ventre. Joséphine le rassura, elle lui caressait le visage et lui disait des mots doux, que tout allait bien, que la guerre était loin, qu'il ne fallait pas y penser. Alors il sut que cette guerre ne leur appartenait qu'à eux, les combattants du front, et que jamais ils ne la partageraient avec personne d'autre que ceux d'en face. Il serra la jeune femme contre lui et se rendormit, l'amertume au cœur.

REMERCIEMENTS

Je tiens à remercier Françoise Juhel, Marie-France Briselance et Jean David pour ses vigoureux encouragements, Bernard, Sylvie et Mathurin Daniel pour leur enthousiasme, Yunbo pour sa patience, Jean-Louis Lorenzi, Jean-Luc Michaux, Luc-Antoine Diquéro et toute l'équipe de « La tranchée des espoirs » pour m'avoir accompagné sur le champ de bataille.

DU MÊME AUTEUR

Chez Nouveau Monde éditions

LES TRAÎTRES, 2008.

LE CHÂTEAU D'AMBERVILLE, 2007.

L'ARME SECRÈTE DE LOUIS RENAULT, 2006, Folio Policier n° 528.

LA COTE 512, 2005, Folio Policier n° 497.

Composition Interligne
Impression Novoprint
le 3 février 2009
Dépôt légal : février 2009
1er dépôt légal dans la collection: février 2008

ISBN 978-2-07-034443-7./Imprimé en Espagne.

167876